Gunter Haug

STURM-WARNUNG

Inhaltsangabe

Nach dem Erfolg von »Tiefenrausch« und »Riffhaie« der nächste Knüller von Gunter Haug: »Sturmwarnung«. Hetzjagd um den See!
Bei einem Tauchgang zum Wrack der im Bodensee versunkenen »Jura« kommt Thomas Grundler ums Leben. Nach oberflächlichen Recherchen geht die Polizei von Selbstmord aus. Horst Meyer aber glaubt an Mord und setzt alles daran diesen Fall aufzuklären.
Wer kann Interesse am Tod seines Freundes und Kollegen Grundler gehabt haben: die eifersüchtige Ehefrau, ein missgünstiger Kollege, der ständig nörgelnde Nachbar oder etwa der Kiesunternehmer, dem Grundler wegen Umweltschutzverletzungen auf der Spur war? Eine gnadenlose Hetzjagd um den Bodensee beginnt!
Spannend, witzig und flott geschrieben: ein echter Schwabenkrimi aus dem Gmeiner Verlag!

Schwabenkrimis im Armin Gmeiner Verlag:
die mit dem besonderen Pfiff!

Gunter Haug, selbst begeisterter Taucher, hat nach fast einem Dutzend Büchern zur Landesgeschichte jetzt bereits seinen dritten Kriminalroman vorgelegt. Schon seine ersten Krimis »Tiefenrausch« und »Riffhaie« sind bei den Rezensenten auf begeisterte Zustimmung gestoßen.
Haug ist Abteilungsleiter im Fernseh-Landesprogramm beim SWR. 1996 erhielt er den deutschen Preis für Denkmalschutz.

Gunter Haug

STURM-WARNUNG

Kriminalroman

SCHWABENKRIMIS
IM GMEINER VERLAG

Die Deutsche Bibliothek – CIP-Einheitsaufnahme

Haug, Gunter:
Sturmwarnung : Kriminalroman /
Gunter Haug. - 1. Aufl. - Messkirch : Gmeiner, 2000
(Reihe Schwabenkrimi)
ISBN 3-926633-43-3

Ehnried-Hof, 88605 Meßkirch
1. Auflage 2000
Lektorat: Isabell Michelberger, Meßkirch
Umschlaggestaltung: Frank Heine, Stuttgart
Gesetzt aus der 10/14 Punkt Stempel Garamond
Druck: Elsnerdruck GmbH, 10722 Berlin
Printed in Germany
ISBN 3-926633-43-3

Dieser Roman ist das Produkt langer Überlegungen und vieler Diskussionen zwischen dem Autor, zahlreichen Freunden, Bekannten und anderen Menschen, die diesem Buch positiv gegenüberstanden.

Viele Fakten, Daten und Hintergrundgeschichten wurden seit Jahren von mir gesammelt und haben sich nun – endlich –, aus vielen Puzzlestücken zusammengefügt, in eine einheitliche Geschichte gießen lassen.

Manches von dem hier beschriebenen hat tatsächlich so oder so ähnlich stattgefunden – manches ist auch (das will ich gerne zugeben) nur der eigenen Fantasie entsprungen.

Jede Ähnlichkeit zwischen den Romanfiguren und noch lebenden oder bereits verstorbenen Personen ist natürlich rein zufällig. Und falls sich jemand dennoch wiedererkennen sollte: er/sie denke bitte an den vorangegangenen Satz!

Spekulationen und reale Tatsachen, bloße Möglichkeiten und wirklich Dagewesenes, reale Handlungsorte und fiktionale Hauptdarsteller, Meldungen aus der Vergangenheit, Fragen die geblieben sind, Antworten, die daraus abgeleitet werden könnten: dieses gut durchmischte Konglomerat von Fakten und Vorlagen ist es, was das Verfassen eines solchen Werkes zum Vergnügen macht! Und dem Leser (hoffentlich) dergestalt auch letztendlich zugute kommt!

Schwaigern, im März 2000 Gunter Haug

Dank an diejenigen, die dieses Buch befördert haben:
Heiner, für seinen Hinweis in letzter Minute;
Uli, der das mit dem Sauerstoff auch nicht wußte;
Karin, die schließlich Chemie studiert hat.

Entschuldigung an:
Frieder aus Albstadt, dessen Wohnwagen (dem Hörensagen nach) top ist;
Jürgen vom Wildenstein, dessen Wein in Wirklichkeit (längst) viel viel besser ist;
die Polizeidirektion Konstanz, in der es natürlich ganz anders zugeht.

Kapitel I

»Aha, es ist also dein voller Ernst! Du willst also tatsächlich so einfach da runter?! Mal schnell ganz locker, ganz cool, mir nichts, dir nichts einen kleinen Trip unternehmen?!« Es war der personifizierte Vorwurf in Gestalt von Claudia, dem sich Horst gegenübersah.

»Cool man, ruhig bleiben«, appellierte der an sich und seine Nerven wie Drahtseile, während er fieberhaft überlegte, welchen Köder er seiner Angetrauten präsentieren könnte, um die Kuh vom Eis zu bekommen (wobei Horst im Zusammenhang mit seiner Frau Claudia nie und nimmer von Kuh hätte sprechen mögen, das war halt nur so eine Redensart, aber ...)

»Was heißt hier: die Kuh vom Eis bringen?!« – Schon war es ihm anscheinend herausgerutscht. Vor lauter Nachdenken und überhaupt ...

»Was glaubst du denn eigentlich, wen du vor dir hast?!« Claudia war ganz offensichtlich auf dem Wert 180 bei der nach oben offenen Erregungsskala angelangt – mindestens – und eine weitere Steigerung schien unmittelbar bevorzustehen. »Ich kann mich krummlegen noch und nöcher: Praxisvertretung schieben ohne Ende, kochen, putzen, mit den Kindern Hausaufgaben machen, sie zur Musikschule und zum Fußballtraining fahren, Rasen mähen, Auto in die Werkstatt bringen, Wäsche waschen, bügeln ...« Die Argumente prasselten auf Horst nieder wie ein Feuerstoß aus einem Maschinengewehr, doch glücklicherweise hatte Claudia im Eifer des Gefechts vergessen zu atmen, so dass jetzt eine Zwangspause zum Luftholen anstand, bevor die nächste Salve abgefeuert werden konnte. Diese Lücke nutzte Horst geistesgegenwärtig für seine Gegenoffensive.

»Aber dafür hast du doch deine Mutter – die kannst du doch herholen und bei uns übernachten lassen, ist doch überhaupt kein Problem. Dann kannst du dich um die Praxisvertretung kümmern und deine Mutter macht den Haushalt, das hat sie ja schließlich schon oft genug angeboten ...«

Leider war Claudias Atempause mittlerweile vorüber: »Und der Herr des Hauses kann dann das Geld verjubeln, das sein dummes Weibchen mühsam mit ihrer Hände Arbeit eingenommen hat! Na prima! Das ist ja wie im Mittelalter: da hat der feudale Herr jede Menge Dienstboten für sich und seine Bedürfnisse – vom Essenkochen bis zum Betthäschen!«

»Jetzt ist's dann aber genug!« Auch Horst war nun allmählich ganz gegen seine Planung am Durchstarten. »So langsam ziehst du die Geschichte aber wirklich auf ein Niveau: ich bitte dich! Jetzt mach aber mal einen Punkt! Was tu ich denn schon Großartiges?«

Gerade diese Aussage aber ermöglichte den ultimativen Blattschuss, der keine Sekunde auf sich warten ließ: »Nichts! Das ist es ja gerade! Ich sags ja: Du zwitscherst ab und ich kann gucken, wo ich bleibe – so hab ich mir Partnerschaft aber nie und nimmer vorgestellt!«

Die Ehekrise war in greifbare Nähe gerückt – Zeit für einen Kompromissvorschlag, den er für den Fall der Fälle von Anfang an im argumentativen Notfallkoffer dabei gehabt hatte. »Also – dann lass ich halt die Katze aus dem

Sack, es sollte zwar eine Überraschung sein, aber bevor wir uns noch richtig in die Wolle kriegen: Du sollst natürlich nicht alleine daheim bleiben, ich hab von Anfang an danach geguckt, dass wir da unten ein paar Tage zusammen sein können. Es war nämlich in Wirklichkeit so geplant, dass ich am Montag vorfahre und du dann am Freitag mit dem Zug nachkommst, das habe ich schon alles so organisiert – wie gesagt, es sollte eine Überraschung sein ...« Mit allen Anzeichen der Resignation zuckte Horst die Schultern, Zerknirschung und Enttäuschung andeutend, während sich im Gesicht seines Gegenübers im selben Moment eine wundersame Verwandlung abspielte: von 30 Tagen Regenwetter zu strahlendem Sonnenschein, und das im Verlauf von nicht einmal einer Sekunde! Mit einem Schlag war anscheinend alles wieder gut!

»Du und ich – wir beide ein verlängertes Wochenende am Bodensee? Das hast du geplant?«

Horst nickte, die Augen demütig-reuevoll auf den Boden geheftet.

»Und mich damit überraschen wollen?«

Wiederum zerknirschtes Nicken.

»Ach Schatz – wieso sagst du mir das denn nicht gleich?« Sprach's und stürmte auf Horst zu, um ihn innig zu umarmen und ihm einen dicken Kuss auf die Wange zu drücken. »Das ist ja Spitzenklasse!« Claudia war die Glückseligkeit in Person.

Es gab Momente in seinem Leben, in denen Horst sich seiner selbst schämte! In Wirklichkeit hatte er ja eine richtig schöne freie Woche am Bodensee für sich ganz alleine geplant gehabt und, ehrlich gesagt, gar nicht damit gerechnet, dass Claudia angesichts der beruflichen Belastung, die sie sich mit der Praxisvertretung bei verschiedenen Heilbronner Kinderärzten derzeit aufgeladen hatte, auf die Idee kommen könnte, mitzureisen. Von Claudias Ausbruch überrascht hatte er glücklicherweise aber doch noch rechtzeitig die Notbremse gezogen und den rettenden Ausweg gefunden, der in Claudias Augen nun wie ein lange geplantes Verwöhn-Wochenende für das Ehepaar Meyer erschien. Angesichts von Claudias regelrechter Glückseligkeit fühlte Horst sich einigermaßen niederträchtig – aber dennoch: der Ehefrieden war wiederhergestellt, und weshalb sollte er nun Seelenstriptease treiben und zugeben, dass er erst im gleichen Moment, als er es ausgesprochen hatte, selbst Kenntnis von dem verlängerten Wochenende für zwei Personen am schönen Bodensee erhalten hatte.

Claudias Neugier war nun natürlich nicht mehr zu stoppen: »Und wo hast du uns eingebucht? Wie ich dich kenne sicher am Überlinger See, im Badhotel in Überlingen oder etwa sogar im St. Leonhard oder vielleicht im Pilgerhof direkt am Wasser da bei der Birnau oder vielleicht in Seefelden?« Voller Vorfreude und in schönen Erinnerungen an vorangegangene Aufenthalte schwelgend schaute sie Horst ins Gesicht.

»Na komm, sag's schon – raus mit der Sprache!« Freundschaftlich versetzte sie Horst einen Klaps auf die Schulter.

Oh weh! Die nächste Klippe, die umschifft werden musste! Horst schluckte trocken, bevor er die Kröte ausspuckte: »Na ja ... es ist diesesmal etwas ganz anderes ...«

»Auch gut – mal was Neues, warum auch nicht! Klasse, toll – also komm, raus mit der Sprache: was hast du da Neues aufgetan?« Claudia war die Spannung in Person.

»Also, neu – neu ist es eigentlich nicht direkt ...«, nach wie vor suchte Horst nach den richtigen Worten, permanent bedrängt von seiner vor lauter neugieriger Vorfreude fast platzenden Angetrauten.

»Was Altes also – auch schön – so ein alter, neu renovierter Bauernhof, wie der da damals im Hinterland – wie hieß der gleich noch, da in der Nähe von Frickingen, oder halt, nein, das war glaub ich in Leustetten.« Claudia schien kurz innezuhalten und nachzudenken – Verschnaufpause für Horst. Doch die Pause war vorbei, bevor sich Horst auch nur den Beginn einer neuen Strategie zurechtlegen konnte. »Na – auch egal, aber jetzt hör auf mit dem Rumgedruckse und sag mir, was für ein Hotel es ist!«

Also dann – Augen zu und durch: auf ins letzte Gefecht! »Hotel ist es keins und Pension auch nicht. Die Idee ist mir neulich gekommen, wo ich mit dem Frieder telefoniert habe, weißt du!«

Claudia wusste nicht. Erste Anzeichen von Ungeduld machten sich nun bemerkbar. »Ja und – was hat dir der Frieder denn empfohlen?«

»Der hat mir vorgejammert, dass er den ganzen Monat überhaupt keine Zeit dazu hat, an den See zu kommen, und mir vorgerechnet, wie teuer das alles für ihn ist, mit seinem Ganzjahresstandplatz in Nußdorf – wegen netto vielleicht vier oder fünf Wochenenden da fast 2000 Mark im Jahr als Standgebühr abzudrücken, das sei schon ein bisschen heftig, hat er gemeint!«

Man sah es an ihren Augen: in Claudia schien ein furchtbarer Verdacht aufzusteigen. Ungeduldig trommelte sie mit den Fingern auf die Platte des Esstischs. »Und was hat das alles jetzt mit unserem Wochenende zu tun?«

»Na ja – der Frieder hat mir angeboten, seinen Wohnwagen da auf dem Platz in Nußdorf zu benutzen. Besser ich sei drin, als dass er einfach so leer und nutzlos in der Gegend rumstünde, hat er gemeint. Da hab ich »Ja« gesagt, wo er dann noch gemeint hat, dass ich auch nichts zu bezahlen brauche. Anfang Juli ist's ja nicht mehr so kalt in der Nacht im Wohnwagen und auch noch nicht so heiß, dass man's nicht mehr aushält. Und außerdem: quasi Tür an Tür mit dem Martin Walser, hat er gemeint, das sei doch auch nicht ohne!«

»So, hat er gemeint! Ich wusste gar nicht, dass der weiß, wer der Martin Walser ist. Bisher habe ich den maximal die Programmzeitschrift vom Fernsehen lesen sehen, aber ob der jemals ein Buch von Martin Walser in der Hand gehabt hat, das glaubst du wohl selber nicht!«

»Jetzt sei aber nicht ungerecht, komm! Wieso soll einer, der Bäcker ist, denn nicht Walser lesen? Im übrigen: gerade Bäcker sind auf dem Gebiet belesener als so mancher Doktor. Und wieviel Bäcker mischen in der Kommunal- oder Landespolitik mit? Mehr als so mancher Bildungsbürger, der zwar diese ganzen ›Pflichtbücher‹ zuhause im Regal stehen hat, aber wahrscheinlich noch keinen einzigen Blick hineingeworfen hat! Ich für meinen Teil hab immerhin schon im Gymnasium die ›Blechtrommel‹ gelesen!«, setzte Horst mit einem triumphierenden Blick auf Claudia hinzu. Dieser dezente Hinweis auf Claudias ausbildungsmäßige Ochsentour, die erst über Hauptschule, Wirtschaftsgymnasium und Fachabitur zum Medizinstudium geführt und damit wenig Raum für humanistisch-germanistisches Bildungsgut gelassen hatte, sollte einen kleinen Fußtritt für die gerade erlebten und durchlittenen Szenen einer Ehe darstellen. Doch Pustekuchen! Wie gewonnen, so zerronnen!

»Die ›Blechtrommel‹ hat ja der Walser schließlich auch nicht geschrieben, sondern der Grass. Walser, von dem sind ›Das Einhorn‹ oder ›Ein fliehendes Pferd‹ oder ...«

»Genug, genug!«, unterbrach Horst den Wortschwall und hob als Eingeständnis seiner Niederlage beide Hände in Brusthöhe vor sich. »Du hast gewonnen – ich gebe mich geschlagen!«

Claudia fixierte ihn misstrauisch. »So – und du hast also gemeint, ich soll mit dir da in der verrosteten alten Konservendose namens Wohnwagen übernachten – auf einem Campingplatz!! Wo wir doch beide schon vor Jahren geschworen haben, dass wir auf keinen Campingplatz mehr gehen – auf gar keinen Fall! Und dann ausgerechnet in die alte Affenschaukel von deinem Freund Frieder! Also wirklich!«

»Das ist kein Campingplatz – das ist nur ein Standplatz in Nußdorf, auf dem Gelände von einem Bauernhof – hundert Meter vom See weg. Und im Umkreis von 20, 30 Metern steht da kein anderer Wohnwagen, garantiert. Ich hab's doch selber vor zwei Jahren gesehen, als ich den Frieder damals besucht habe! Ehrenwort!« Horst versuchte es nun auf die romantische Tour, machte einen Schritt auf Claudia zu, nahm sie in die Arme und drückte sie fest an sich. »Und außerdem – so ein schnuckeliges kleines Wohnwägelchen, nur für uns zwei beide, ganz allein, ganz romantisch. Mit gegrillten Würstchen und Steaks, eine schöne Flasche Lemberger (oder zwei) im Freien vor dem Wagen sitzend, keine Menschenseele weit und breit, das wär doch mal wieder was für uns, oder?« Er streichelte ihre Wange. »Na komm schon – das ist doch mal was ganz anderes, das hat mit dem üblichen seelenlosen Hoteltrott nichts zu tun. Ist doch auch mal wieder schön – so ganz einfach und so ganz für uns alleine!« Er gab ihr einen leichten Klaps aufs Hinterteil und schlug anschließend unternehmungslustig die Hände zusammen: »Also – sag schon ›Ja‹, komm. Das wird irre gemütlich!«

Claudias Widerstand zerbröselte widerstrebend, aber sichtbar. »Das mit dem ›irre‹ glaube ich dir sofort. Aber gut, wenn du meinst, also: Ja! Aber nur unter einer Bedingung ...«

Horst wusste, er hatte gewonnen. »Und die wäre?«

»Wenn die alte Schüssel sich dann doch als muffig und verwanzt herausstellen sollte, dann gehen wir ins Hotel – und zwar ohne Wenn und Aber! O.K.?«

»Einverstanden – aber ich sag dir jetzt schon: es wird dir gefallen auf dem Platz, da wette ich um eine Kiste Lemberger trocken, Kabinett. Da – schlag ein!«

Claudia winkte lachend ab: »Von wegen! Schlaumeier! Selbst wenn du die Wette verlieren solltest, bist du ja der eigentliche Gewinner, denn wer trinkt bei uns den meisten Lemberger? Du natürlich!«

Auch Horst musste schmunzeln. »Na gut. Auf jeden Fall ist ja jetzt alles geritzt. Also – am Montag früh starte ich und vorher besorge ich dir noch die Fahrkarte, damit du dich gleich am Freitagnachmittag in den Zug setzen kannst. Ich hol dich dann am Bahnhof in Überlingen ab. Und deine Mutter rufe ich auch an, dass sie wieder drei Tage mit ihren heißgeliebten Enkeln verbringen darf – nicht dass sie jetzt noch was mit ihren Freundinnen ausmacht!«, fügte er mit leichtem Stirnrunzeln hinzu.

»Ach wo«, beruhigte ihn Claudia. »Das geht auf jeden Fall klar, sie hat mir schon angedeutet, dass sie in der nächsten Woche eh nichts vorhat, das müssten wir hinbekommen!«

»Also, auf. Dann rufe ich jetzt den Frieder an und sag ihm Bescheid, dass ich sein Angebot annehme und dass er mir erzählt, wo er den Schlüssel für den Wohnwagen deponiert hat.« Das alles hatte er zwar schon längst geregelt, aber weshalb aufs Neue schlafende Schäferhunde wecken, wenn sich die Sache mit dem Urlaub von zuhause so leicht doch noch hatte hinbiegen lassen? »Und dem Thomas sage ich dann auch Bescheid, dass ich komme. Du, der freut sich riesig darauf, hat er mir neulich am Telefon gesagt, wo wir das ausgemacht haben.«

Ein schneller Blick, in dem sich neu aufkeimendes Misstrauen widerspiegelte, ließ ihn blitzschnell die Kurve kriegen. »Na, du weißt doch – ich hab mit dem Thomas letzte Woche telefoniert, wegen so einer Umweltgeschichte da, die einen Menschen aus Konstanz betrifft. Und da haben wir dann ausgemacht, dass es ganz schön wäre, wenn wir uns mal bald wieder sehen könnten. Schließlich haben wir das beim Kommissarlehrgang in Wertheim schon im Januar verabredet gehabt und dann wieder aus den Augen verloren – wie immer halt. Und wenn wir jetzt nicht einen Knopf dranmachen, dann wird's in diesem Jahr wieder nichts mit einem Treffen. Vor allem, wo's doch jetzt warm ist da unten und der See auch schon 19 Grad haben soll, sagt der Thomas. Und außerdem: ich hab irgendwie den Eindruck gehabt, der braucht grade mal jemanden zum Reden. Da scheint's im Dienst nicht so besonders gut zu laufen und im Privaten gleich zweimal nicht. Der Thomas und die Susanne, die scheinen richtig Stress momentan miteinander zu haben. Er hat's angedeutet: er muss sich das alles mal von der Seele reden! Und wozu sind Freunde schließlich da?«

Claudia faltete die Hände vor der Brust, drehte die Augen in gespielter Frömmigkeit zum Himmel und vermerkte mit leicht spöttischem Unterton: »Mein Mann, der barmherzige Samariter! Die Polizei – dein Freund und Helfer! Hauptkommissar Horst Meyer – dein Kummerkasten in jeder Lebenslage!«

»Na – jetzt übertreib mal nicht! Aber wie auch immer: ich freue mich auf den See!«

»Klar – verstehe ich ja. Aber tu bloß nicht so, als würdest du nur aus reiner Nächstenliebe dort runterfahren – ganz so naiv bin ich dann doch nicht. Oder willst du dein Tauchzeug etwa nicht miteinpacken?«

»Natürlich will ich – na und?!«

»Nichts na und. Ich wollte es nur geklärt haben, ich gönne es dir ja auch. Obwohl – ich lass meine Sachen ganz sicher zuhause. Mich bringst du im Leben nicht zum Tauchen im Bodensee – nein danke!« In gespieltem Entsetzen schüttelte sich Claudia und rieb die Oberarme mit ihren

Händen, als fröstele sie. »Da warte ich lieber wieder ein Jahr, bis wir genug Geld für die Malediven oder die Karibik zusammen haben. Da sind die Fische bunt, das Meer ist warm und vor allem: man sieht weiter als zwei Meter fünfzig!«

»Hast ja recht«, Horst nickte mit dem Kopf – sie hatten das Thema schon oft diskutiert und sich nach einigem Widerstreben auch schon zu ein paar wenigen Tauchgängen in deutschen Baggerseen überreden lassen. Jedesmal hatten sie anschließend den Kopf geschüttelt und sich versichert, lieber ein halbes Jahr länger auf den nächsten Urlaub zu warten, als noch einmal wie ein Moderlieschen in kalten schlammigen Baggerseen herumzupaddeln. »Aber der Thomas ist ja auch Taucher und der hat mich so weit gekriegt, dass ich ›ja‹ gesagt habe. Er kennt den See wie seine Westentasche und will mir unbedingt mal das Wrack der ›Jura‹ zeigen. Das sei ein echtes Erlebnis, da runterzutauchen!«

»Wenn der meint – von mir aus! Ich auf jeden Fall lasse mir dann von euch erzählen, was ihr alles nicht gesehen habt und wie kalt es da unten gewesen ist. Hauptsache, die Geschichte ist nicht gefährlich, oder?« Forschend blickte Claudia ihrem Mann in das Gesicht.

»Wo denkst du hin«, schüttelte der energisch den Kopf. Dass die »Jura« auf rund 38 Metern stockdunkler Tiefe im Schlick des Bodensees lag, musste man ihr ja nicht unbedingt auf die Nase binden. Das konnte warten, bis er wieder glücklich aufgetaucht war und mit stolz geschwellter Brust von seinen Heldentaten unter Wasser erzählen konnte. »Der Thomas ist ja auch vorsichtig und der hat Erfahrung ohne Ende – mit über 500 Tauchgängen. Da passiert garantiert nichts – im Leben nicht!«

Wie leichtfertig man im alltäglich Sprachgebrauch so manche Formulierung in den Mund nimmt – aber an dieses Gespräch erinnerte sich Horst erst viel später wieder, erst dann, als es bereits zu spät war ...

Kapitel II

Es war ein strahlend schöner Montagmorgen, als Horst, der erst noch die Kinder zur Schule gefahren hatte, mit seinem Wagen bei der Anschlussstelle Heilbronn-Untergruppenbach auf die A 81 einbog. Nichts, aber auch gar nichts konnte ihm jetzt noch seine Urlaubslaune verderben. Was gab es Schöneres, als einen Teil seiner respektablen Überstunden, die sich innerhalb des letzten Jahres bei der Arbeit in der Polizeidirektion Heilbronn angesammelt hatten, bei herrlichem Sommerwetter am Bodensee abzufeiern? Tauchen, grillen, einen guten Freund wiedersehen, ordentlich einen draufmachen, ganz Mensch – und nicht in tausend Zwängen steckender Polizist – sein dürfen: einfach herrlich!

Den Kollegen, oder vielmehr: den Freund Thomas Grundler kannte er schon seit Urzeiten. Damals, als sie beide gemeinsam auf der Polizeifachhochschule in Villingen-Schwenningen die ersten Stufen zur Kommissarausbildung absolviert hatten – du meine Güte: das war nun auch schon wieder gut und gerne 15 Jahre her! Und seitdem hatten sie sich immer wieder getroffen und den Kontakt gehalten, obwohl der eine von ihnen, Horst, von Sigmaringen über Tübingen und Ulm schließlich in Heilbronn gelandet war, und es Thomas endlich geschafft hatte, in den äußersten Süden, in seine Heimat am Bodensee nach Konstanz versetzt zu werden. Der wohnte in Meersburg, wo er auch aufgewachsen war, und fuhr jeden Tag mit der Autofähre über den See nach Konstanz in die Direktion. »So fängt jeder Tag eigentlich schon an wie ein richtiger Urlaubstag – besser kann man es gar nicht erwischen –, und bis ich wieder zuhause bin, habe ich durch die Rückfahrt mit der Fähre schon längst alles abgestreift und komme heim: dorthin, wo andere Urlaub machen! Nein, keine zehn Pferde und keine noch so verlockende Polizeikarriere bringen mich jemals wieder vom See weg – lieber bleibe ich das, was ich bin und ärgere mich jeden Tag über unsere Karrierehengste, als diese Mühle auf mich zu nehmen«, hatte Thomas mehr als einmal ein eindeutiges Bekenntnis zum Bodensee und seinem Wohnort Meersburg abgegeben und Horst hatte jedesmal eigentlich nur zustimmend nicken können.

Auch er genoss seit Jahren immer wieder die Stimmung am See, wobei er die alte Reichsstadt Überlingen als Standort favorisierte, die sich gerade in den letzten Jahren mächtig nach vorne entwickelt hatte. Und so war zwischen den beiden mehr als einmal ein freundschaftlich-deftiger Disput über die Frage ausgebrochen, welche Stadt am See denn nun die schönere und liebenswertere sei: Meersburg mit der alten Burg, den romantischen engen und steilen Gassen und dem großen Hafen oder Überlingen mit der größten Promenade am See und seiner verwinkelten Altstadt mit den vielen Lokalen und wunderschönen Strandbädern. Ein solcher verbaler Schlagabtausch würde mit Sicherheit auch diesesmal zwischen den beiden geführt werden, darin war sich Horst jetzt schon sicher. Doch wie auch immer: auch Horst hatte – sehr zur Verwunderung seines Kollegen – mittlerweile seine ideale Heimat gefunden. Dass dies ausgerechnet Heilbronn sein sollte, die zweitgrößte Stadt von Württemberg, hatte Thomas anfangs mit schallendem Gelächter quittiert – später dann, nach einigen Besuchen und manchem Glas Lemberger auf der jährlich im September stattfindenden Präsentation der Unterländer Weingüter in der Heilbronner Innenstadt (Slogan: »Deutschlands schönstes Weindorf«) oder in einer der vielen Besenwirtschaften im Umland, war die Ironie einem anerkennenden Gesichtsausdruck gewichen – zumindest, wenn man auf das Thema Unterländer Wein zu sprechen kam.

Logisch, dass Horst seinem Beinamen »Lemberger trocken«, den Thomas ihm bei einem der Heilbronner Weindorf-Besuche nach dem sechsten Viertele verpasst hatte, auch dieses Mal alle Ehre angedeihen ließ: einen ganzen Karton Lemberger Kabinett trocken hatte er in den Kofferraum gepackt – und zwar was »Gescheites«, einen 1996er Heilbronner Staufenberg! Dazu noch eine Flasche aus seinem Geheimfach, von dessen Existenz nicht einmal Claudia den Schimmer einer Ahnung besaß: einen 97er Lemberger Spätlese trocken aus dem Holzfass vom Grafen Neipperg aus Schwaigern! In dessen Kellerei hatte er sich vor einigen Wochen in einem Anflug von Wahnwitz (so zumindest würde es Claudia mit Sicherheit formulieren, hätte sie Kenntnis von dem »Vorfall«) einen 6er Karton besorgt, die (einzelne!) Flasche um den stolzen Preis von 30 Mark. Für Claudias 40. Geburtstag im nächsten Sommer waren die paar Fläschchen eigentlich bestimmt, als Extra-Überraschung sozusagen, streng tabu bis dahin: andererseits ... man sollte schon mal vorher eine Flasche probiert haben, ob der Inhalt den Erwartungen auch tatsächlich entsprechen würde, hatte er insgeheim für sich beschlossen und so eine Flasche mit auf die Reise an den Bodensee genommen. Hoffentlich hielt der Wein seinen Erwartungen stand, denn sonst konnte er sich den Kommentar seines Freundes jetzt schon lebhaft vorstellen, der in etwa lauten würde, dass man um diesen Preis beim ALDI gleich einen ganzen Karton bekommen könne und dass der – ehrlich gesagt – auch nicht unbedingt um 150 Mark schlechter schmecken würde ... Nein – gleich bei seiner Ankunft würde er ihn an einem schönen Plätzchen lagern, frühestens nach drei Tagen öffnen und ihm dann noch einen ganzen weiteren Tag Zeit geben, sein Aroma zu entfalten. Ach ja: die Vorfreude war doch wieder mal die schönste Freude ...

Auf dem Spätzleshighway zwischen Böblingen und Herrenberg war wieder mal die Hölle los – glücklicherweise aber in Richtung Stuttgart, und nicht auf der Strecke ans Schwäbische Meer (Horst freute sich schon darauf: da würde der Thomas als eingefleischter Badener wieder toben, wenn man seinen Bodensee zum Schwäbischen Meer umfunktionierte!).

In der Nähe von Bad Dürrheim klingelte Horsts Handy. Er nahm den Fuß vom Gaspedal, drückte die grüne Taste und meldete sich, wie immer mit schlechtem Gewissen, denn das telefonieren während der Fahrt war ja eigentlich gerade für ihn als Polizeibeamten tabu – außerdem ärgerte er sich immer wieder über die Idioten mit ihrem fast unkalkulierbaren Fahrstil, wenn sie mit einer Hand am Handy und mit der anderen am Steuer klebten.

Der Gesprächsteilnehmer am anderen Ende war so gut wie überhaupt nicht zu verstehen, aus dem Hörer kam

Horst eine Salve von zerhackten Wortfetzen, metallischen Sphärenklängen und verrauschten Orkanböen entgegen. Er zog sein Fahrzeug deshalb, nachdem er einen LKW überholt hatte, auf die rechte Fahrspur herüber und drosselte weiter das Tempo. »Moment noch«, rief er ins Mikrofon. »Bei mir ist noch der Zerhacker an, wird gleich besser, einen Augenblick bitte.«

Allmählich wurde das Kauderwelsch verständlicher, die verzerrte metallische Stimme entpuppte sich als die des Kollegen und Freundes Michael Protnik, der offensichtlich aus Leibeskräften in den Hörer hineinbrüllte: »Hallo, hallo! Hotte – verstehst du mich? Hotte, hallo Hotte!!«

Typisch Protnik; wenn schon, dann immer gleich hoch zehn! Horst schmunzelte in sich hinein: eigentlich brauchte der gar kein Telefon, der hätte – bei dieser Lautstärke – seine Nachricht auch mit dem Wind herüberbrüllen können!

»Sputnik, hallo Sputnik! Halt mal ganz kurz die Luft an! Ich versteh dich ja jetzt! Hallo – Sputnik, hier ist der Horst, was gibt's denn?«

»Na endlich! Diese Scheißdinger! Den ganzen Tag klingeln sie und terrorisieren einen, und wenn man sie dann selber mal braucht, dann versteht man nix! Hallo, Horst!!« Die Lautstärke von Protnik hätte noch immer mühelos dafür ausgereicht, auch ohne Mikrofon einen Wettbewerb gegen die Rolling Stones überlegen zu gewinnen.

»Hallo, Michael! Na – was gibt's denn?« Da vorne war ein Parkplatz. Am besten er hielt dort kurz an und telefonierte von hier aus in aller Ruhe mit Protnik, bevor die

Verbindung wieder schlechter wurde und der Kollege sich von Neuem genötigt fühlte, seine Phonstärke ins nicht mehr Messbare zu steigern. Schließlich saß Horst ja kein Termin im Nacken, das war ja gerade das Schöne an diesen paar freien Tagen.

»Ich bin jetzt da, das hab ich dir bloß sagen wollen – grade angekommen«, ganz allmählich reduzierte sich Protniks Lautstärke nun auf einigermaßen verzerrungsfreien Normalstandard. Dennoch verstand Horst nicht die Bohne!

»Wie angekommen, wo angekommen?« Typisch Protnik! Der Kerl schaffte es einfach nicht, sich klar und eindeutig auszudrücken! Jedesmal dasselbe, wenn man mit dem telefonierte: ein einziges Versteckspiel Marke »Ratemal-wo-ich-bin-ich-weiß-es-schon-aber-du-nicht«! Das war dem Freund und Kollegen bei der Ulmer Kripo selbst in hundert Jahren anscheinend nicht abzugewöhnen!

»Weißt du doch! Du hast mir doch selber den Tipp gegeben da im Januar!« Ein leichter Vorwurf schien durch das Handy an Horsts Ohr zu dringen. Mimose!

»Protnik! Januar ist vor gut und gerne einem halben Jahr gewesen! Jetzt haben wir Juli! Was hab ich dir denn damals empfohlen?!«

»Na, den Wildenstein natürlich! Deine Lieblingsburg im Donautal! Schon wieder vergessen, Herr Alzheimer?«

Ach so! Ja, natürlich! Den Tipp hatte er seinem alten Kollegen vor einiger Zeit gegeben. Wenn er mal ein paar Tage Zeit hätte, dann solle er sein Fahrrad aufs Auto schnallen und einen Abstecher ins Donautal zwischen Tuttlingen und Sigmaringen machen und dort dann auf Horsts Lieblingsburg, der imposanten Festung Wildenstein, hoch über dem Donautal in der dort eingerichteten Jugendherberge übernachten. Das war es, was Protnik jetzt also offenbar auch umgesetzt hatte. »Du bist jetzt also auf dem Wildenstein? Heißt das, du hast grade ein paar Tage Urlaub?«

»Ja, was glaubst du denn? Wie ist das bei euch in Heilbronn: Kann man da etwa während der Dienstzeit einen Trip ins Grüne machen, oder wie? Klar – eine ganze Woche hab ich mittlerweile freie Tage und die feiere ich jetzt hier im Donautal ab!«

»Ist ja prima!« Horst hatte sich dafür entschieden, die Spitze in der Antwort seines Kollegen schlichtweg zu überhören. »Da können wir uns ja mal treffen, oder? Ich hab nämlich auch gerade ein paar Tage frei! Was meinst du?«

»Na ja«, die Begeisterung am anderen Ende des Gesprächs schien sich in engen Grenzen zu halten. »Also vom Wildenstein nach Heilbronn, das dürften ja fast 200 Kilometer sein – und dann noch am Stuttgarter Dreieck vorbei ... Ich weiß nicht ... Einerseits: wiedersehen würde ich dich ja schon mal wieder gerne, aber wo ich doch jetzt das Fahrrad dabei habe und ich doch eigentlich eine Art Aktivurlaub ...«

Horst unterbrach den qualvollen Entscheidungsfindungsprozess seines ehemaligen Mitarbeiters, mit dem er vor Jahren in Ulm zusammengearbeitet hatte und mit dem ihn seither eine herzliche Freundschaft verband: »Quatsch: nix ist mit Heilbronn! Ich bin nämlich grade auf dem Weg an den Bodensee – gar nicht weit weg von dir. Ich habe da nämlich einen Wohnwagen in Nußdorf bekommen, da bleibe ich die ganze Woche. Das sind vom Wildenstein«,

Horst überlegte kurz, »schätzungsweise 35, maximal 40 Kilometer, das wäre doch machbar, eventuell sogar mit dem Rad.« Die Tatsache, dass es dann vom Bodensee wieder zurück auf den rauen Heuberg immerhin gut und gerne stattliche 400 Höhenmeter zu bewältigen galt, ließ Horst vorsichtshalber lieber einmal unerwähnt. »Und der Thomas, den kennst du doch auch, der Thomas Grundler, der kommt auch dazu, na, wär das was? Da hätten wir sturmfreie Bude und könnten kräftig einen draufmachen, was meinst du?«

»Na ja, wenn du aber schon mit dem Grundler was ausgemacht hast. Also – ich weiß nicht so recht.« Oh Gott, das beleidigte Mimöschen in Protnik war wieder zutage getreten. Typisch Sputnik: er oder keiner! Dabei hatten sie sich bei ihren gelegentlichen Zusammentreffen bei irgendwelchen Fortbildungsveranstaltungen immer hervorragend verstanden – alle drei! Aber einzig und allein mit Thomas Grundler etwas ausgemacht und ihn, Protnik, nicht davon unterrichtet zu haben, das war anscheinend schon wieder gleichbedeutend mit einer Überdosis für das oft und mit Inbrunst zur Schwermut neigende Gemüt des Ulmer Kollegen.

Horst versuchte es mit einem Köder, der normalerweise ziehen musste: »Also komm, jetzt tu nicht so und gib dir einen Ruck! Ich hab zwar nur Lemberger dabei, aber extra für dich könnte ich mir vorstellen, dass ich noch ein paar Flaschen Hefeweizen besorgen könnte. Ein richtig schön gekühltes Meckatzer Löwenbräu, na – wie wäre das?!« Horst wusste genau, allein beim Stichwort Hefeweizen und erst recht bei der Erwähnung von Protniks

Weizenbier-Lieblingsmarke, die er zu seinem größten Bedauern nur am Bodensee und im Oberland, aber eben nicht in Ulm zu trinken bekam, würde dessen Widerstand schmelzen wie ein Schneemann im Backofen. Genauso war es.

»Na ja – ich weiß nicht. Ich überleg's mir mal. O.K.« Die Annäherung kam zögerlich aber unaufhaltsam. »Also: vielleicht könnte ich es einrichten, sagen wir am Mittwoch. Also Mittwoch könnte eventuell klappen!«

Blödmann! Als ob der an seinen freien Tagen so von Terminen zugedeckt wäre wie ein Börsenmakler! Aber gut, irgendwie versuchte halt jeder auf seine Weise, das Gesicht zu wahren. »Klasse, Protnik, also abgemacht! Ich ruf dich heute Abend nochmal an und erklär dir, wo du mich dann finden kannst. Toll! Also dann bis Mittwoch und grüß mir meine Lieblingsburg! Sag dem Herbergsvater übrigens einen schönen Gruß von mir, ich müsse unbedingt mal wieder vorbeigucken, ich habe schon regelrechte Entzugserscheinungen – vielleicht klappts ja sogar auf der Rückreise am Sonntag!«

Das Wiedersehen mit der Burg Wildenstein lag in der Tat in greifbarer Nähe, und es sollte viel schneller stattfinden, als Horst es zu diesem Zeitpunkt ahnen konnte.

Kaum war Horst wieder vom Parkplatz auf den Spätzleshighway eingebogen und hatte sein Fahrzeug beschleunigt, da klingelte das Handy von neuem. »Scheißdinger!«, entfuhr es Horst, der mit der immer mehr um sich greifenden Handy-Manie und dem Überall-und-jederzeit-erreichbar-sein-können-und-müssen so seine Probleme hatte. »Nirgendwo hat man mehr seine Ruhe!« Missmutig drückte er die grüne Taste an seinem Mobiltelefon. »Meyer!« bellte er unwirsch ins Mikrofon.

»Hallo, Horst, gut dass ich dich erreicht habe! Hier ist der Thomas!«

»Ach, du bist es! Na dann ist alles halb so wild!« Horsts schlechte Laune war augenblicklich verflogen. »Ich dachte schon, irgend so ein Depp auf der Direktion meint wieder, er müsse unbedingt etwas wissen, das nicht bis nächste Woche Zeit hat, aber das natürlich auch noch in der übernächsten Woche zu klären wäre. Na gut: also wenn ich richtig schätze, dann müsste ich in einer guten halben Stunde bei dir sein können. Ich bin nämlich grade schon hinter Geisingen auf der Höhe Hegaublick, und da vorne seh ich ein bisschen was vom See und sogar den Säntis. Meine Güte, ist das ein Panorama heute!« Die Sicht über die Hegauvulkane hinüber zum See und auf die Österreicher und Schweizer Alpen war tatsächlich atemberaubend schön! Das war es, so musste Urlaub im wahrsten Sinn des Wortes aussehen, so musste es sich auch anfühlen: strahlender Sonnenschein und eine wunderschöne Alpensicht, wie man sie nur an einer Handvoll Tagen im Jahr genießen konnte. In Horst machte sich eine euphorische Urlaubsstimmung breit, so wie fast immer, wenn er dem Ziel seiner langersehnten Ferien nahe kam. Die Frage, die sich danach stellte, war freilich immer wieder dieselbe: hoffentlich hielten die nächsten Tage auch das, was die Ouvertüre in Aussicht gestellt hatte. Und eine solche Wetterlage mit Alpensicht bedeutete Föhn – oft genug schlug dann das Wetter in den kommenden 24 Stunden ins Gegenteil um – oft genug, aber doch sicher nicht diesesmal – oder?

Doch schon kam der erste Dämpfer: »Du, schön, das freut mich für dich! Aber heute wird's leider nichts mit unserem Treffen! Ich hab da grade einen saublöden Fall am Hals und ich seh keine Chance, da heute noch ein paar Stunden frei machen zu können!« Die Stimme am Handy klang nicht unbedingt verärgert, sondern eher ziemlich deprimiert. Eigentlich ganz und gar nicht die Art, wie er Thomas Grundler kannte!

Für einen kurzen Moment stieg in Horst Enttäuschung auf – man sollte den Tag nun mal nicht vor dem Abend loben! »Schade – ich hatte mich schon gefreut, dich mal wieder in der PD zu besuchen, aber was nicht ist, können wir im Lauf der Woche ja vielleicht noch hinbekommen. Also gut, dann fahr ich eben erst mal nach Nußdorf und bring den Wohnwagen auf Vordermann.« Vielleicht auch kein Fehler, erst mal in Ruhe das Terrain zu sondieren, einzukaufen und sich zu entspannen: einfach so in der Sonne zu liegen, mal schnell mit dem Fahrrad (in Frieders Wohnwagen wurde zum Glück eines aufbewahrt) nach Überlingen ins Ostbad zu fahren und es sich dort gutgehen zu lassen. Und morgen war dann ja auch noch ein Tag – zum Tauchen ... »Aber das mit dem Tauchen morgen klappt doch, oder? Ich hab extra meine Flasche dabei – die hab ich gestern noch füllen lassen: mit 1 A Heilbronner Luft, da werde ich tauchen wie ein Weltmeister!«

Die Antwort kam zögerlich: »Na ja, ich hoffe schon, dass das klappt! Ich ruf dich heute Abend nochmal an, O.K.?«

Das war aber alles andere als beruhigend! »O.K. – Dienst ist schließlich Dienst, was soll man da machen? Mach dir keine Gedanken, ist alles halb so wild!« So ein Mist! Da war alles so wunderschön geplant gewesen und jetzt zerplatzte die ganze Geschichte womöglich wie eine Seifenblase!

Offenbar war ihm die Enttäuschung durch das Handy hindurch anzuhören gewesen. »Glaub bloß nicht, dass mir das recht ist, Horst! Aber ich hab da grade eine elende Geschichte auf dem Schreibtisch, ich sag's dir: da vergeht einem allmählich das Lachen! Ich kann jetzt am Handy nicht darüber reden, aber ich hoffe, ich bin morgen dann wesentlich weiter und kann endlich einen Knopf an die Chose machen. Also: wie gesagt – ich ruf dich heute Abend an. Tschüss!« Und schon hatte Thomas aufgelegt.

Verwundert starrte Horst einen Moment lang sein Handy an: so knapp und gehetzt hatte er seinen Kollegen noch nie erlebt! Weder privat noch bei dem einen oder anderen Fall, in dem sie schon zusammengearbeitet hatten, er – Horst – von der Heilbronner Mordkommission aus und Thomas Grundler als Hauptkommissar beim Wirtschaftskontrolldienst der Polizeidirektion Konstanz.

Vor lauter Grübeln wäre Horst nun beinahe an der Abzweigung in Richtung Überlingen vorbei gefahren. Mit einem ärgerlichen Fluch lenkte er sein Auto im letzten Moment nach rechts, begleitet von wütendem Hupen des nachfolgenden Wagens, der gerade Gas gegeben hatte und nun durch Horsts überstürztes Lenkmanöver zu einem heftigen Tritt auf die Bremse genötigt worden war. Doch der Kriminalkommissar aus Heilbronn machte keine Anstalten, in eines der berühmt-berüchtigten bundesdeutschen Autobahnduelle mit Hilfe eindeutig-zweideutiger Zeichensprache einzusteigen: dafür war er im Augenblick viel zu sehr mit dem gerade beendeten Telefongespräch und Thomas Grundlers deprimiertem Tonfall beschäftigt.

Kapitel IV

Der Tag im Strandbad Ost von Überlingen war traumhaft schön verlaufen. Urlaub, wie er idealer fast nicht sein konnte, nur – ganz ehrlich – zu zweit, also mit Claudia, wäre alles doch noch viel schöner gewesen. Das gestand sich Horst ehrlicherweise ein, wie er da alleine auf dem Rasen liegend dem bunten Treiben um sich herum im Ostbad zuschaute. Vor allem die Pärchen oder die Familien mit Kindern erinnerten ihn nachdrücklich immer wieder daran, dass er zum Single halt doch nicht geschaffen, sondern in Wirklichkeit – aller ärgerlichen Beteuerungen dann und wann zum Trotz – ein ausgesprochener Familienmensch war, dem allein zu Hause oder im Urlaub recht schnell die Decke selbst da auf den Kopf fiel, wo – wie im Strandbad – gar keine Decke vorhanden war.

Dennoch: bei solch schönem Wetter am See, auf dem penibel kurz gemähten saftig-grünen Rasen seines Lieblingsbades in Überlingen war sich Horst wieder mal bombensicher: nirgendwo konnte Urlaub schöner sein als am Bodensee – sofern natürlich das Wetter mitmachte. Kein unangenehm schmeckendes Salzwasser im Mund, kein lästiger Sand, der sich in alle Poren setzte, eine picobello gepflegte Anlage mit Süßwasserdusche, Rasen, ein schönes Baderestaurant mit Currywürstchen, Schnitzel, Pommes und Hefeweizen: Herz, was willst du mehr?

Beschwingt radelte Horst am Abend die paar Meter zurück nach Nußdorf zum Wohnwagen, der sich ihm bei seiner Ankunft am Vormittag schon in angenehm gutem Zustand präsentiert hatte. Der Landwirt, auf dessen Platz

Frieders mobiles Feriendomizil abgestellt war, war bereits von seinem bevorstehenden Eintreffen unterrichtet gewesen und hatte ihn schon erwartet. Schnell war der Koffer ausgepackt und der noch benötigte Proviant besorgt gewesen, so dass einem gemütlichen Abend am See eigentlich nichts mehr im Wege stand.

Horst beschloss, sich zunächst einmal sommer-ausgehfertig umzuziehen: weiße Jeans, gelbes Polo T-Shirt und die Wildledermokassins – genau der richtige Dress, um noch ein oder zwei Stunden auf der Überlinger Uferpromenade entlangzubummeln und sich dort hinterher noch im »Faulen Pelz« ein oder zwei Spätburgunder-Weißherbst zu gönnen. Einen vielleicht vom Überlinger Spitalweingut und den anderen – mal sehen, was auf der Karte stand – entweder vom markgräflichen Weingut auf der Birnau oder aber einen Hagnauer von der dortigen Winzergenossenschaft. So ein richtig schöner gemütlicher Absacker mit einem kühlen, erfrischenden Weißherbst vor sich und die an der Promenade auf- und abflanierenden Menschen: das gehörte für ihn einfach zu einem Sommerurlaub in Überlingen dazu, wie das Wasser zum Bodensee.

Während er so gemütlich im »Faulen Pelz« saß, dessen an die Fassade gemalten Wahlspruch »Faul ist und bleibt der Pelz« er bei jedem Besuch aufs Neue wieder mit einem zufriedenen Lächeln quittierte, blätterte er im neuen »Bodensee-Magazin«, das er vorher am Kiosk an der Uferpromenade erstanden hatte: mal schauen, welche Angebote in der näheren Umgebung er noch nicht kannte und wohin man vielleicht mal an einem nicht ganz so schönen und sonnigen Tag einen lohnenswerten Ausflug unternehmen konnte. Der Rahmen war ja mittlerweile ganz schön weit gespannt: fast hundert Kilometer im Umkreis, da gab es sicher noch manches zu entdecken, während er das Seeufer und das unmittelbare Bodensee-Hinterland halt doch schon fast flächendeckend abgegrast hatte.

Jetzt begann die Sonne allmählich tiefer zu sinken und das gleißend-helle Licht, das diesen Tag so warm und strahlend gemacht hatte, ging allmählich in zarte Rottöne über. Es war ein Sonnenuntergang am Wasser wie aus dem Bilderbuch: die Sonne, die ihre letzten Strahlen nun glutrot an den mittlerweile von einigen Wolken strukturierten Himmel schickte, während sich auf dem Wasser ein kilometerlanger roter Teppich vom Ufer bis zur Sonne zu spannen schien. Eine Sicht, wie sie klarer nicht sein konnte: im Hintergrund die zum Greifen nahen Alpen, ein allmählich aufkommendes warmes Lüftchen, das den zahllosen Segelbooten draußen auf dem See ermöglichte, etwas schnellere Fahrt in Richtung Hafen aufzunehmen, ein orangefarbener Reflex am gegenüberliegenden Ufer bei der Mainau drüben, einige Sekunden später nochmal einer. Nein halt, Horst setzte sich auf und blinzelte mit den Augen: das konnte doch eigentlich gar nicht sein, oder doch? Das war kein Reflex, es war vielmehr das orangene Blinklicht der rings um das ganze Seeufer aufgestellten Sturmwarnleuchten. Horst zählte langsam mit: ungefähr alle anderthalb Sekunden ein Blitzlicht, das bedeutete Sturmvorwarnung, also zunächst einmal eine Vorsichtsmeldung. Wären die Blitze im Abstand von weniger als einer Sekunde ausgesandt worden, hätten sie unmittelbare

Sturmgefahr signalisiert, also die dringende Aufforderung an alle Boote auf dem See, sofort den nächsten Hafen anzusteuern. Auch die Kapitäne der Segelboote hatten die Warnlichter registriert – es war deutlich zu erkennen, wie die meisten von ihnen nun auch reagierten und schneller als ursprünglich geplant Kurs auf den Hafen und ihre Liegeplätze nahmen.

Eigentlich fast nicht vorstellbar, dass an diesem angenehm-milden Sommerabend von irgendwoher Sturm aufkommen sollte, doch Horst kannte »seinen« See in der Zwischenzeit gut genug, um zu wissen, dass Gewitter – gerade bei der momentan vorherrschenden Föhnwetterlage – von jetzt auf nachher praktisch wie aus heiterem Himmel von den Alpen herunter über den See jagen konnten, ohne dass man eine Viertelstunde zuvor als arglos auf dem Wasser dahinschippernder Segelbootslenker im Entferntesten an eine derart schnelle Änderung der Wetterverhältnisse geglaubt hätte. Aber genau diese tückische, sich blitzschnell ändernde Wetterlage war in der Vergangenheit schon so manchem Freizeitkapitän samt seinem Boot zum Verhängnis geworden, und nicht zuletzt aus jenem Grund waren vor vielen Jahren schon die orangenen Sturmwarnleuchten rings um den gesamten See installiert worden.

»Na, was sagst du dazu? Würde man doch im Traum nicht für möglich halten, dass wir heute noch Sturm bekommen sollen!« Horst schreckte aus seinen Gedanken auf und blickte hoch. Er hatte vor lauter Sinnieren überhaupt nicht bemerkt, wie sich jemand seinem Tisch genähert hatte.

Um so verblüffter war er jetzt, nachdem er den vor ihm Stehenden erkannte. »Thomas! Was tust du denn da? Wie hast du mich denn gefunden?«

Thomas Grundler, ein sympathischer, leger gekleideter braungebrannter Mann Anfang 40, lächelte leise. »Na – ich bitte dich! Wo muss man denn den Hotte schon suchen, wenn man ihn am Wohnwagen in Nußdorf nicht finden kann? Entweder im Ostbad – aber dazu war es meiner Meinung nach schon fast zu spät am Tag – oder aber im »Faulen Pelz« in Überlingen, wo er sich noch einen kleinen Absacker-Weißherbst gönnt! Andere Möglichkeiten sind um diese Uhrzeit bei diesem Wetter fast auszuschließen! Du siehst also, mein Lieber«, und nun zog sich ein breites Grinsen über sein Gesicht, »du bist ganz schön leicht auszurechnen mit deinen Gewohnheiten! Also gerate ja nie auf die andere Seite: Dich hätten wir nämlich unter Garantie blitzschnell geschnappt – wetten?!«

Ebenfalls lachend hob Horst abwehrend die Hände: »Hab ich auch gar nicht vor. Ich tauge, glaub ich, nicht so sonderlich gut zum Al Capone. Außerdem müsste ich dann ja Zigarren rauchen – wär nix für mich und meine Lunge! Aber komm«, er beugte sich vor und zog einladend einen Stuhl an den Tisch, »setz dich endlich hin! Ist ja eine tolle Überraschung, dass es doch noch geklappt hat mit uns beiden! Prima! Dann können wir ja doch noch einen draufmachen heute Abend!«

Thomas Grundler ließ sich bedächtig auf dem ihm angebotenen Stuhl nieder. Er warf den Kopf in den Nacken, streckte die Beine aus und ließ einen langgezogenen Seufzer hören. »Brrr – tut das gut. Endlich mal ein bisschen Entspannung.« Er beugte sich vor und warf einen sehnsuchtsvollen Blick auf Horsts noch halbvolles Weinglas. »Darf ich mal? Ich habs wirklich dringend nötig!«

Ohne eine Antwort abzuwarten griff sich Thomas das Glas und nahm einen ausgiebigen langen Schluck von dem kühlen Weißherbst zu sich. »Ahhh – fantastisch! So schnell geht's einem besser, wenn das richtige Getränk auf dem Tisch steht! Hallo!« Mit diesem Ruf drehte er sich in Richtung der Kellnerin, die gerade am Nebentisch bediente und deutete mit dem Zeigefinger auf das Glas. »Noch zwei bitte – vom selben!« Er setzte das Weinglas ab und rieb sich mit der einen Hand heftig den linken Unterarm, dann den Unterschenkel. »Verdammt, da juckt was furchtbar. Mir scheint, ich hab die Krätze! Da guck mal hin!«

In der Tat war der Arm, den Thomas gerade so heftig gerieben hatte, krebsrot geworden – eine ungesunde Farbe, die sich durch das Kratzen mit den Fingernägeln nun noch verstärkte.

Horst schüttelte den Kopf. »Dann lass doch die Kratzerei sein und hol dir eine Salbe aus der Apotheke. Das ist sicher irgendeine Allergie, da hast du vielleicht was gegessen, das du nicht verträgst, und da machst du es mit Kratzen nur noch schlimmer. Es ist schließlich Sommer, da schwirren jede Menge Pollen durch die Luft, da ist man empfindlicher gegen irgendwelches Zeugs als im Winter!« Horst als jahrzehntelanger Heuschnupfenkandidat wusste haargenau, wovon er sprach. Gott-sei-Dank war die Heuschnupfensaison bei ihm für dieses Jahr aber vorüber: sie dauerte alljährlich – man konnte regelrecht die

Uhr danach stellen – immer sechs Wochen, von Mitte Mai bis Ende Juni.

»Wahrscheinlich hast du ja Recht«, nickte Thomas zustimmend. »Aber das ist grade erst gekommen, einfach so! Wird schon wieder verschwinden!« Sprach's – und kratzte sich nun am Hinterkopf und danach intensiv am rechten Oberarm.

In Horst regte sich allmählich Unmut. »Mensch, hör bloß auf! Die Leute gucken schon! Das sieht ja aus, als ob du Flöhe hättest!«

Thomas verzog das Gesicht. »Du hast leicht reden, dich juckt's ja nicht!«

»Und wie oft habt ihr alle über mich und meine Heuschnupfenattacken gelästert und behauptet, das sei alles nur psychisch – ich solle mit Claudia zur Eheberatung oder so und schon würde der Schnupfen aufhören? Jetzt weißt du mal, wie das ist – von wegen psychisch!« Horst erinnerte sich an mehr als ein Beispiel, wo er am liebsten an die Decke gehüpft wäre, wenn die Kollegen auf irgendeinem Lehrgang im Sommer mal wieder über seine ständig laufende Nase gelacht und ihm hämisch grinsend den Gang zum Psychologen angeraten hatten.

Sein Gegenüber lächelte gequält. »Gar nicht mal so falsch mit der Psyche! Aber was ist denn nun mit dem Wein? Fräulein! Hallo!« Suchend blickte er sich um, bis er die Bedienung entdeckte. »Ja, genau! Denken Sie noch an unseren Weißherbst? O.K. – wir sind nämlich grade am verdursten!« In gespielter Verzweiflung die Augen rollend drehte er sich wieder zu Horst. »Ich sag's dir, die Bedienungen am See sind auch nicht mehr das, was sie früher mal waren! Lauter Ausländer und von nichts eine Ahnung: nur wenn's ums Trinkgeld geht, da sind sie fit wie ein Turnschuh – fürchterlich!«

Horst blickte seinen Kollegen verwundert an. Thomas, den er bisher nur als die Leutseligkeit in Person gekannt hatte, schien mit einem Mal ein ganz anderer geworden zu sein. Nervös, fahrig, sich ständig hastig umblickend, kratzend, polternd: so hatte er den Kriminalkommissar aus Meersburg noch nie erlebt! Er beugte sich leicht vor und sah Thomas direkt ins Gesicht: »Sag mal, ist alles in Ordnung mit dir? Du bist so nervös, wie ich dich noch nie vorher gesehen habe! Stimmt irgendetwas nicht?«

Thomas schoss erkennbar die Röte ins Gesicht. Verlegen schaute er zur Seite, senkte den Kopf und sagte gar nichts. Horst spürte, dass da etwas war, mit dem Thomas innerlich kämpfte. Am besten, er wartete ab und ließ ihn den Kampf mit sich allein ausfechten. Erst nach einer ganzen Weile hob Thomas den Kopf und öffnete zögernd den Mund. »Ja also, weißt du, ich weiß gar nicht, wo ich anfangen ...«

Doch gerade in diesem Augenblick kam die Bedienung mit zwei Gläsern Wein und unterbrach die Unterhaltung. »Bitte schön, zwei Kaiserstühler Gutedel. Sehr zum Wohl!«

Verwundert blickten die beiden erst sich, dann die Bedienung an. Horst fand als erster die Sprache wieder: »Wer hat denn hier Weißwein bestellt?«

»Na, der Herr da neben Ihnen!« Für die Bedienung schien alles glasklar zu sein. Sie deutete mit dem Zeigefinger auf Thomas.

Der reagierte mit einem zornigen Schnauben. »Also, jetzt glaub ich das auch noch! Ich und Weißwein, und dann noch«, er nahm einen vorsichtigen Schluck aus dem Glas. »Dachte ichs mir doch! Honigsüß! Also, dass das klar ist!« Mit strengem Blick fixierte er die nun schon deutlich eingeschüchterte Bedienung. »Ich habe in meinem ganzen Leben noch kein Glas lieblichen Weißwein getrunken, und schon gar keinen Gutedel. Das kann ich also in hundert Jahren nicht bestellt haben. So – nehmen Sie also das Gesöff wieder mit«, damit griff er sich die beiden Gläser und stellte sie energisch zurück aufs Tablett, »und dann bringen Sie mir das, was ich auch bestellt habe: nämlich zwei Gläser Weißherbst, trocken natürlich. Und zwar Überlinger, Überlinger Spitalweingut! Und falls Sie das nicht haben, dann einen Birnauer oder einen Hagnauer oder meinetwegen einen Meersburger! Aber bitte: Weißherbst, trokken und kühl – O.K.? O.K.!« Mit einer energischen Handbewegung schob er die verdatterte Bedienung samt ihrer zwei vollen Weißweingläser zurück in Richtung Lokal und lehnte sich mit einem resignierten Seufzer zurück. »Ich sag's ja: die Bedienungen am See! Es gibt Tage, da kommt wirklich alles zusammen!«

Horst wunderte sich aufs Neue über die Aggressivität, die Thomas heute an den Tag legte. Beruhigend legte er seine Hand auf die Linke seines Gegenübers. »Na komm, ist doch kein Beinbruch! Kann doch mal passieren! Und wenn du es richtig betrachtest: Du hast doch nur das leere Glas gehoben und drauf gedeutet – da kann man doch schon mal in der Eile des Gefechts was verwechseln, oder?«

»Fall du mir ruhig auch noch in den Rücken! Einer mehr oder weniger, das spielt ja allmählich auch keine Rolle mehr!« Bitter zog Thomas die Mundwinkel herunter und starrte auf den Boden.

»Aber jetzt halt mal langsam die Luft an! Keiner ist gegen dich! Ich zumindest nicht! Jetzt spuck aber endlich mal aus, wo denn eigentlich der Schuh drückt!« Horst stand auf und zupfte seinen Kollegen am Hemdsärmel. »Wir gehen aber besser rein, denn ich glaube, es dauert nimmer lang, und dann wütet es hier draußen wirklich!«

Mittlerweile hatte sich das anfänglich so laue Sommerabendlüftchen in einen unangenehm blasenden Wind verwandelt, der auf dem See draußen für die ersten Schaumkronen auf den Wellen sorgte. Es war dämmerig geworden und der gerade eben noch so romantisch-friedlich schimmernde See hatte eine unschöne schwarzgraue Farbe angenommen. Das Alpenpanorama war wie mit einem Schlag verschwunden und dunkle Gewitterwolken verdeckten die Berge. Die orangenen Lichter an der Uferlinie blinkten mittlerweile hektischer – genau 90 mal in der Minute: Sturmwarnung!

Kapitel V

Der nächste Morgen war grauenhaft – im wahrsten Sinn des Wortes. Dröhnende Kopfschmerzen hatten dazu geführt, dass Horst bereits um 6 Uhr in der Frühe aufgewacht war, an Weiterschlafen war überhaupt nicht mehr zu denken! Ein Blick aus dem Wohnwagenfenster ließ ihn zusätzlich schaudern: dunkelgraue schwere Regenwolken zogen in schneller Folge über den Himmel, ein ekelhaftfeiner Nieselregen strömte wie an unsichtbaren Fäden auf die Erde. Eine unangenehme Kälte machte sich im Wohnwagen breit und bemächtigte sich aller Glieder. Horst versuchte erst gar nicht, einen Blick durch die Hecke auf den knapp hundert Meter entfernten See zu werfen – er konnte sich auch so nur zu gut vorstellen, wie es da draußen jetzt aussehen mochte. Das waren die Tage, an denen er Campingurlaub am Bodensee genauso hasste, wie er sonst glücklich und zufrieden auf dem grünen Rasen am Strandbad die Sonne genoss und sich nichts Schöneres vorstellen konnte als einen legeren Sommerurlaub am See!

Mit Sicherheit würden die dunklen Wolken über dem Wasser nicht einmal für die Sicht zum höchstens zweieinhalb Kilometer entfernten gegenüberliegenden Ufer bei Dingelsdorf ermöglichen, dunkelgrau-schmutziges Wasser würde aus den Wellen steigen und den paar Unverzagten, die sich draußen herumtrieben, die kalte Gischt begleitet von einem permanent-böigen Wind ins Gesicht blasen. Nein – kein Wetter für Wassersport! Die gestern knapp erreichten 20 Grad Wassertemperatur, die der Bademeister im Ostbad in ein Meter Tiefe gemessen hatte, waren erfahrungsgemäß durch den Wellengang und die unruhige Strömung auf höchstens 16 Grad zurückgefallen, zu wenig, um auch nur den großen Zeh ins Wasser zu strecken.

Andererseits: für ihr Vorhaben spielte das so gut wie keine Rolle, denn Thomas und Horst wollten es heute dennoch angehen, koste es, was es wolle! Der Tauchgang an die vor fast 140 Jahren in der Nähe von Bottighofen versunkene »Jura« würde heute Nachmittag stattfinden – so oder so! Und schließlich spielte die Oberflächentemperatur in einer Tiefe von 38 Metern, wo das ganze Jahr über sowieso nie mehr als 6 Grad herrschten, eh keine Rolle mehr. So schön es auch gewesen wäre, sich anschließend, wenn man nass und klamm aus dem Wasser stieg, von der Sonne wärmen zu lassen anstatt von einem Glas heißen Tees mit Rum aus der Thermoskanne – mitten im Hochsommer!

Aber das Wetter war, wie es eben war: nichts zu machen! Horst fluchte leise und fasste sich an die schmerzende Stirn: bei der vergangenen Nacht im Wohnwagen hatte es sich um einen einzigen Horrortrip gehandelt! Spät in der Nacht erst war er von Überlingen und seinem Treffen mit Thomas auf den Platz zurückgekehrt, nachdem so manches zusätzliche Glas Weißherbst von den beiden geleert worden war. Horst durfte gar nicht daran denken, was passiert wäre, wenn er mit seinem Promillegehalt einer Polizeikontrolle in die Arme geraten wäre! Völlig idiotisch hatte er sich benommen, an dieser Erkenntnis führte kein Weg vorbei: zum Glück würde Claudia davon nichts mitbekommen, denn die hätte ihm sonst mit tödlicher Sicherheit – und zudem auch noch absolut zurecht – kräftigst den Kopf gewaschen!

Und als er dann – glücklicherweise unbehelligt – am Wohnwagen angekommen war, da hatte er die Bescherung gesehen! Das Klappfenster neben der Tür war weg! Einfach verschwunden! Ein dunkles schwarzes Loch aus dem der rotbraune Vorhang des Vehikels wehte und zwei verbogene Metallstangen: das war alles, was vom Fenster noch übrig war! Einbrecher, die das Fenster aufgestemmt und dann hineingeklettert waren – ausgerechnet auch das noch! Horst fingerte hektisch den Schlüssel aus der Hosentasche, zitterte ihn ins Schloss, riss die Türe auf und stürmte in den Wagen. Dort freilich war von einem Einbruch nicht das Geringste zu merken: alle Gegenstände lagen noch am selben Ort, an dem sie Horst zurückgelassen hatte, bevor er nach Überlingen fuhr. Kein durchwühlter Koffer, kein auf den Kopf gestellter Schrank – nichts! Allmählich hatte es dann begonnen, bei ihm zu dämmern: da waren keine Einbrecher am Werk gewesen, das hatte er selbst fabriziert! Ganz eindeutig: eigene Schuld! Er hatte schlichtweg beim Wegfahren das Fenster ausgeklappt gelassen, um das schwül-hitzige Klima im Wohnwagen wenigstens etwas auf einigermaßen erträgliche Schlaftemperatur herunterzuschrauben. Als nun am Abend der Sturm aufgekommen war, da hatte eine Bö ganz offensichtlich einen derartigen Druck entwickelt, dass sie das sowieso schon recht wacklige Plastikfenster regelrecht weggeblasen hatte. Und Horst, der ahnungslos mit Thomas im »Faulen Pelz« sitzend den Überlinger Weinvorräten den Kampf angesagt hatte, war natürlich nicht im

Entferntesten auf den Gedanken gekommen, eventuell einmal am Wohnwagen nach dem Rechten zu sehen und das Fenster zu schließen!

Mist verfluchter! Denn das mit dem Fenster war noch nicht alles gewesen! Der heftige Wind hatte den Regen durch die Fensteröffnung ins Innere des Wohnwagens geweht. Dass sich die Schlafcouch aber auch direkt unter dem Fenster befinden musste! Und so war Horst bei seiner mitternächtlichen Rückkehr schließlich nichts anderes übrig geblieben, als den Rest der Nacht fluchend auf dem nackten harten Boden des Gefährts zu verbringen – notdürftig bedeckt mit seiner Regenjacke. Alles andere, also Bett, Decke und Schlafsack, war nämlich derart von Feuchtigkeit durchtränkt worden, dass an eine normale Nachtruhe auf keinen Fall mehr zu denken war!

Klar, dass die Nacht auf dem Wohnwagenboden alles andere als gemütlich verlaufen war – schon beim bloßen Gedanken daran schmerzten Horst sämtliche Knochen im Leib. Dazu kam noch dieser pochende Kopfschmerz! Ihm war speiübel! Nie mehr wieder würde er etwas anderes zu sich nehmen als seinen bewährten Heilbronner Lemberger, doch auch beim bloßen Gedanken daran breitete sich ein unerträgliches Drücken im Magen aus.

In diesem Moment dröhnte ein unangenehm-schrilles Geräusch durch Horsts gemartertes Großhirn: das Handy! Um diese Uhrzeit! Das konnte doch nur ein Verrückter sein!

Mit einer ärgerlichen Handbewegung schnappte er sich das Telefon und bellte wütend hinein: »Es ist 6 Uhr 30 am Morgen und ich habe Urlaub!« Bevor er weitersprechen konnte, durchzuckte von neuem ein stechender Schmerz seinen Schädel – Gelegenheit für den Ruhestörer am anderen Ende der Leitung, sich nun selbst zu Wort zu melden.

»Na, das kommt davon, wenn man seine Freunde vergisst!«

Protnik! Wer auch sonst?! »Sputnik!«, stöhnte Horst in das Mikrofon. »Was in drei Teufels Namen reitet dich denn für ein Gespenst ...«

»Gespenst?«, unterbrach ihn sein Gegenüber am Telefon. »Den ganzen Abend hab ich das Handy eingeschaltet gelassen und auf deinen Anruf gewartet, wegen unserer Verabredung heute! Das ist vielleicht ein doofes Gefühl, wenn du da in einer Wirtschaft sitzt und das blöde Ding da klingelt! Die Blicke, die sie einem da zuwerfen ...«

»Völlig zurecht – man geht auch nicht mit eingeschaltetem Handy zum Essen – nicht mal in Russland!« Ein gezielter Schuss auf Protniks Herkunft aus den Tiefen des längst zerbröselten sowjetischen Riesenreichs!

»Ja ja – hau du nur wieder drauf auf die Aussiedler! Einmal Russe, immer Russe! Und jetzt fehlt bloß noch der Spruch mit dem deutschen Schäferhund ...« Die Stimme am andere Ende klang deutlich gekränkt.

Aber Horst konnte seinen Treffer nicht richtig auskosten, denn immer mehr stieg nun die kurzzeitig verdrängte Übelkeit in ihm auf. Ungeduldig unterbrach er seinen Kollegen: »Also Protnik, jetzt sag schon, was los ist – wieso du zu nachtschlafender Zeit Telefonterror betreibst. Auf geht's – komm zur Sache!«

»Telefonterror! Hat man da noch Töne! Du hast mir doch gestern versprochen, mich am Abend anzurufen, weil wir uns morgen treffen wollten, oder etwa nicht? Und wer hat nicht angerufen – du oder ich?« Jetzt war der andere aber ganz eindeutig eingeschnappt! Und zu allem Überfluss hatte er auch noch Recht: Horst hatte den Anruf bei Protnik total verschwitzt!

»O.K. – Stimmt, tut mir leid! Habe ich wirklich vergessen gestern Abend! Aber ich bin auch wirklich nicht dazu gekommen!«

Die Mimose kostete ihren Triumph augenblicklich bis zur Neige aus. »Aus den Augen, aus dem Sinn! So schnell haben einen die lieben Kollegen vergessen!«

»Blödsinn – lass den Quatsch! Und tu mir einen Gefallen und gib mir noch zwei Stunden Zeit. Mir geht's nämlich grade nicht so besonders gut! Ich versprech dir, ich ruf dich dann ganz sicher an. Aber jetzt – du ich muss auflegen! Also bis später!« Ohne eine Antwort abzuwarten drückte Horst auf den roten Knopf des Handys und warf es anschließend mit mürrischem Brummen auf die Liege. Gleichzeitig entriegelte er hastig die Tür des Wohnwagens und rannte so schnell er konnte in Richtung Hecke ...

Kapitel VI

Eine halbe Stunde später saß Horst trübsinnig vor sich hinstierend vor einer Tasse Pfefferminztee am Wohnwagentisch. Ihn fröstelte, ihm war kalt – durch die fehlende Scheibe des Wagens wehte ein unangenehm kühler, feuchter Wind. Aber das passte im Grunde genommen genau zu seinen Gedanken, die so gar nicht zu der Urlaubsstimmung dazugehören wollten, auf die er sich doch so sehr gefreut hatte.

Immer wieder grübelte er darüber nach, was ihm an dem gestrigen Abend nicht gefallen hatte. War es die ungewohnt aggressive Verhaltensweise, die Thomas Grundler der Bedienung gegenüber an den Tag gelegt hatte, waren es die trübsinnig-pessimistischen Gedanken, die Thomas gegen Ende des Abends geäußert hatte? Oder machte ihm Kummer zu erfahren, dass es mit der Ehe seines Kollegen nicht zum Besten stand, dass man offensichtlich im Hause Grundler mittlerweile getrennte Wege ging. So manche unschöne Szene war da in den letzten Wochen anscheinend zwischen Thomas und seiner Frau Susanne passiert und so, wie es Thomas geschildert hatte, standen die beiden nun vor den Trümmern ihrer Beziehung. Dazu kam – ausgerechnet – auch noch ein heftiger Streit mit dem Nachbarn der Grundlers, einem ewig nörgelnden Privatier und Besserwisser namens Helmut Speiser, der anscheinend den lieben langen Tag nichts Besseres zu tun hatte, als die Straße vor seinem Haus zu kontrollieren und jeden Fahrzeuglenker, der seinen Wagen vor dem Speiserschen Haus geparkt hatte, mit aggressiven Gesten zu vertreiben. Der Platz vor dem Haus (auf der öffentlichen Straße!) gehöre ganz allein zu seinem Anwesen und niemand sonst hätte hier etwas zu suchen. Thomas hatte es anscheinend schon mehrfach im Guten versucht, aber vergeblich: der Nachbar hatte sich nicht von seinem Herr-auf-der-Straße-Standpunkt abbringen lassen, ganz im Gegenteil sogar. Der Kerl hatte ihn sogar vor zwei Wochen angezeigt, wegen gefährlichen Eingriffs in den Straßenverkehr und versuchter Körperverletzung. Thomas sei neulich beim Einparken mit seinem Wagen absichtlich schnell, mit aufheulendem Motor und schleifender Kupplung auf den Nachbarn zugerast, so dass dieser sich nur noch durch einen Sprung über den Gartenzaun habe in Sicherheit bringen können. »Völliger Blödsinn natürlich, der Kerl lügt wie gedruckt, da ist kein Fünkchen Wahrheit dran an dieser Story – aber ich habe jetzt den Salat!«, hatte Thomas gemeint und dabei sorgenvoll die Stirn in Falten gelegt. »Das hat der mit vollster Berechnung angezettelt, der Spinner! Kannst du dir vorstellen, wie das am nächsten Tag auf der Direktion war, als mich der Striebel (der Chef der Polizeidirektion) plötzlich zu sich zitiert und mir eröffnet hat, es läge eine Anzeige wegen Körperverletzung gegen mich vor? Und als ich gelacht habe, wo er mir erzählt hat, um was es sich handelt, da hat er gemeint, ich solle die Sache ja nicht auf die leichte Schulter nehmen! Im Gegensatz zu diesem Psychopathen nämlich habe ich keine Zeugen, die meine Unschuld beweisen könnten, während der seine ganze Familie gegen mich hat aussagen lassen! Du – das kann ein Disziplinarverfahren von der übelsten Sorte geben, das sag ich dir! Und das alles wegen diesem Penner! Ich hätte da schon lange etwas unternehmen sollen, der wird ganz allmählich nämlich zu einer Gefahr für die Allgemeinheit, das ist ganz langsam immer schlimmer geworden mit dem, den müsste man mal auf seinen Geisteszustand hin überprüfen, aber das hab ich verschlafen, das kann ich jetzt grade natürlich nicht mehr bringen – jetzt bin ich in der Defensive! Mist!«

Horst hatte nur allzu gut verstanden. Das war tatsächlich eine bescheuerte Situation für einen Polizeibeamten: Thomas war eindeutig in der Defensive und seine Verteidigung stand ohne Zeugen für seine Unschuld auf ganz wackligen Füßen. Und überdies: egal wie die Geschichte ausgehen würde – ganz ohne Blessuren würde Thomas da auf keinen Fall herauskommen –, der Nachbar würde jetzt natürlich auf dem Fundament des über Thomas errungenen Sieges erst recht weitermachen mit seinen Schikanen! Wenn es sich bei dem tatsächlich um einen Psychopathen handelte: na dann – Prost Nachbarschaft!

Dies alles – Nachbarschaftsstreit, Anzeige, Ehekrise – waren aber nur die privaten Probleme, mit denen Thomas Grundler momentan schwer genug zu kämpfen hatte. Dazu gesellte sich noch eine offenbar furchtbar verzwackte Ermittlungsgeschichte in seinem eigentlichen Arbeitsfeld, dem Wirtschaftskontrolldienst. Er war da im Laufe des Frühjahrs auf die Spur einer Umweltschweinerei allererster Güte geraten, und je mehr er in dieser Richtung recherchiert hatte, desto größere Kreise hatte sie gezogen. Und das Schlimme dabei war, das hatte er recht bald erkennen müssen, dass sich das Problem als ungeheuer vielschichtig darstellt und dass die Strippenzieher im Hintergrund offenbar über glänzende Kontakte bis in die Kommunal- und Landespolitik hinein verfügten, ja sogar in der Polizeidirektion selbst schienen Leute zu sitzen, die – zumindest in diesem Fall – die Fronten gewechselt hatten!

»Ja komm schon, jetzt spuck's schon aus, wo du da dran bist!«, hatte Horst seinen Kollegen aufgefordert, nachdem der ihm endlich sein Herz ausgeschüttet und die Ursache aufgezeigt hatte, weshalb er auf sein Gegenüber so merkwürdig gedrückt und verändert gewirkt hatte.

»So ein bisschen im Nebel rumstochern und da ein Wort fallen zu lassen und dort was anzudeuten, das bringt doch nix! Du brauchst doch ganz eindeutig Hilfe und solltest die ganze Geschichte mal richtig durchsprechen, und zwar von A bis Z, sonst kommst du da nie auf einen grünen Zweig. Und nachdem du in der Direktion keinem mehr traust, ja, da ist es sowieso vielleicht ganz gut, wenn du das mit einem Außenstehenden mal durchkaust, der einen völlig unverstellten Blick in dieser ganzen Chose hat. Also komm – schieß los!«

Doch Thomas hatte nur traurig gelächelt und andeutungsweise den Kopf geschüttelt. »Du hast doch Urlaub Hotte! Ich will dir doch deine paar schönen Tage am See nicht versauen – und außerdem: irgendwie glaube ich, dass es besser wäre, wenn ich dich nicht da mit reinreite!«

»Blödsinn!«, hatte Horst geantwortet. »Soweit kommt's noch, dass wir den Beamten raushängen und unser Hirn abends an der Pforte abgeben! Du sagst mir jetzt, was Sache ist, oder es setzt was!«

Zögernd hatte der Hauptkommissar danach einige Fakten angedeutet. Und wenn von den Vermutungen und

Anhaltspunkten, die Thomas Grundler mit seiner gewohnt sorgfältigen und vorsichtigen Arbeitsweise in den letzten Monaten gesammelt hatte, auch nur die Hälfte zutraf, dann hatte er offensichtlich einen Volltreffer gelandet. Horst hatte staunend die Luft eingesogen und sich nachdenklich zurückgelehnt: »Dann stehst du ja praktisch mit beiden Beinen mitten auf dem Wespennest! Mein lieber Mann, das gibt aber ein mittleres Erdbeben, wenn du die Geschichte erst mal wasserdicht gemacht hast!« Und mit einem sorgenvollen Blick auf Thomas fügte er leise hinzu: »Da muss man bloß gewaltig aufpassen, dass man von den Wespen vorher nicht gestochen wird!«

Wie Recht er doch mit dieser Feststellung behalten sollte ...

»Also – alles roger? Ja?« Thomas warf einen weiteren prüfend-skeptischen Blick auf Horsts Ausrüstung.

Horst nickte. »Alles O.K.! Alles an Bord: Flasche, Anzug, Flossen, Maske, Handschuhe, Lampe, Blei. Und auf geht's!«

Thomas warf den Kopf ins Genick und verdrehte vielsagend die Augen. »Also gut: nur sag ja nicht hinterher, es hätte dich keiner gewarnt! Also ich an deiner Stelle würde schlichtweg erfrieren, ohne Trockentauchanzug. Und selbst mit dem Trocki ist es noch lausig kalt. Und da nimmst du den 7 mm Nasstauchabzug, also ich weiß nicht! Lass dir's nochmal sagen: da unten ist es stockdunkel und es hat grade mal 6 Grad – wenn's hoch kommt!«

Horst zuckte wegwerfend die Schultern. »Weiß ich doch! Haben wir jetzt doch schon hundertfünfzig Mal durchgekaut! Du weißt doch: ich bin ein Warmblüter – das klappt schon! Im Baggersee war ich mit meiner Ausrüstung auch schon auf 25 Metern – da kommt's auf die paar Meter mehr oder weniger auch nicht mehr an!«

Thomas deutete auf Horsts Flossen: »Aber was ist damit? Das ist doch wohl nicht dein Ernst, mit den Dingern da runterzutauchen?«

»Natürlich ist es das! Jetzt zerbrich dir mal nicht meinen Kopf!« Horst fühlte sich allmählich wie im Kindergarten. »Ich bin schließlich alt genug und hundert Tauchgänge habe ich auch auf dem Buckel. Genug, um einschätzen zu können, was geht und was nicht geht!«

Thomas unternahm einen weiteren Anlauf: »Aber der

Bodensee ist anders als irgendein popeliger Baggersee. Der Bodensee ist der Bodensee!«

Horst spielte den Überraschten. »Was du nicht sagst!«

»Jetzt werd nicht läppisch! Ich meine es ernst! Ich hab schon Dinger erlebt, sag ich dir ... Also komm – jetzt probier wenigstens, ob dir meine gebrauchten Füßlinge mit den Flossen passen. Ich geb sie dir gerne. Also – ich habe Schuhgröße 40/41, das müsste eigentlich gehen.« Prüfend musterte er Horsts Füße.

»Na gut – dann hat die arme Seele Ruh! Ich hab zwar Größe 43, aber bitte schön, quetsch ich halt meine Zehen in deine Fußpilzbomber rein! Zu Risiken und Nebenwirkungen beklagen Sie sich bei ihrem Freund und Tauchpartner!« Insgeheim musste er zugeben: die Hartnäckigkeit von Thomas war in diesem Fall durchaus angebracht. Denn auch Horst schauderte es ehrlich gesagt bei der bloßen Vorstellung, ohne Neoprenfüßlinge mit quasi bloßen Füßen sich in eiskaltem 6-Grad-Wasser auf fast 40 Meter Tiefe hinunterzuzittern. Aber der Schwabe in ihm hatte mal wieder die Oberhand über alle taucherische Vernunftmaßregeln gewonnen: um nichts in der Welt hätte er sich im Vorfeld dazu bewegen lassen, sich in einem der zahlreichen Tauchshops am Bodensee mit Füßlingen und dazu passenden offenen Flossen einzudecken. Das hätte ja immerhin runde 200 Mark gekostet – nein danke! Zuviel war eben zuviel!

Bei diesem Stand der Diskussion – und sie hatten sie im Vorfeld bereits mehr als nur einmal miteinander geführt – hatte Thomas wie immer in einer Geste der schieren Verzweiflung die Hände zusammengeschlagen und den Blick in stummer Verzweiflung gen Himmel gerichtet: »Nicht zu fassen! Deutschland, deine Schwaben!!«

Und Horsts Replik war programmgemäß so gekommen, wie sie in jenen Gesprächen pflichtschuldigst immer kam: »Wir sind halt Schwaben und keine solchen Verschwender wie ihr Badenser! Der Schwabe als solcher ...«

» ... lebt, um zu arbeiten, während der Badener arbeitet, um zu leben!«, wurde er an dieser Stelle – wie immer – von Thomas unterbrochen.

»Eben – sag ich doch! Was würdet ihr auch anstellen, ohne unser Geld aus Stuttgart! Typisch Badenser: immer über uns schimpfen, aber unser Geld, das nehmen sie, ohne Danke zu sagen!«

»Ist ja auch immer noch zu wenig«, hieb Thomas weiter in seine Anti-Schwaben-Kerbe. »Aber dafür bekommt ihr ja schließlich unser Bodensee-Wasser. Ganz Stuttgart würde ja auf dem Trockenen sitzen, wenn wir euch nicht das gute Bodensee-Trinkwasser liefern würden, in das wir vorher nochmal schnell reinpinkeln! Aber für die Schwaben langt's auch so: Hauptsache viel und Hauptsache billig!«

In der Zwischenzeit hatte sich Horst in die ausrangierten Füßlinge von Thomas gezwängt und ihm zu verstehen gegeben, dass sie zwar mehr schlecht als recht, aber ihm dennoch irgendwie passten. Das war das Zeichen zum Aufbruch. Thomas, der sich parallel zu ihrem üblichen Baden-contra-Württemberg-Disput seinen fast noch nagelneuen Trockentauchanzug übergestreift hatte (ein Teil, das sich Horst, da war er felsenfest davon überzeugt, niemals anschaffen würde: gut und gerne 2000 Mark hatte das

Ding mit allem drum und dran gekostet!), zog die Starterleine am Außenborder ihres Leihbootes und schon nach dem zweiten Versuch gab der Motor nach ein, zwei holprig spuckenden Stottergeräuschen ein tiefes gleichmäßiges Brummen von sich.

Ein zufriedenes Lächeln zeigte sich auf Thomas' Gesicht. Horst atmete innerlich durch: wenigstens am heutigen Nachmittag schien sein Kollege deutlich ruhiger und ausgeglichener als am Abend zuvor. So ein Gespräch, bei dem man einem Freund endlich mal das Herz ausschütten konnte, war offenbar doch immer noch Gold wert. Also dann – Horst blickte über die im diffusen Licht der letzten sich gerade verziehenden Regenwolken schwarzgrau-blau schimmernde Fläche des Bodensees hinüber in Richtung Meersburg. Immer wieder eine schöne Kulisse, dieses Meersburg mit der alten Burg, dem riesigen Schloss, dem Fährhafen und der Schiffslände – selbst vom relativ weit entfernten Schweizer Ufer bei Bottighofen aus.

Sanft schaukelte das Boot mit den beiden Tauchern, als sie ablegten. Rund einen Kilometer in Richtung Nordosten würden sie zurücklegen müssen, bis sie an der Stelle Anker werfen konnten, an der im Februar des Jahres 1864 der Raddampfer »Jura« im dichten Nebel von der »Stadt Zürich« gerammt und in den eisigen Fluten des Bodensees versenkt worden war. In wenigen Minuten würden sie ankommen und sich dann so schnell wie möglich auf die gut 36 Meter Tiefe »fallenlassen«, in der die »Jura« seit fast 140 Jahren im Schlick des Bodensee-Untergrunds ihr dunkles Grab gefunden hatte. Das Abenteuer konnte beginnen!

Kapitel VIII

Thomas drosselte den Außenborder und spähte angestrengt auf eine fiktive Landmarke hinter sich. »Da ungefähr müsste es sein. Ich denke, ich habe die Stelle ziemlich genau getroffen. Also dann, gib mir bitte mal den Anker rüber.« Im selben Moment stellte er den Motor ab, griff nach dem winzigen Anker, den Horst vorsorglich bereits aufgeklappt hatte, und warf ihn über Bord. Schon beeindruckend, in welcher Windeseile sich das Nylonseil, an dem der Anker befestigt war, in die Tiefe abrollte. Meter um Meter verschwanden unter dem Boot in der vom Auge undurchdringbaren Tiefe des Sees. Horst begann zu frösteln. Warum nur hatte er sich auf dieses Abenteuer eingelassen? Hätte er doch damals dankend abgelehnt, als ihm Thomas beim Lehrgang in Wertheim den Vorschlag auf das gemeinsame Bodensee-Wracktauchen im Juli gemacht hatte!

Wieder zog sich ein leichter bohrender Schmerz durch seinen Kopf und schien ihn wie mit einer Schraubzwinge zusammenzupressen. Immer noch die Nachwirkungen der vergangenen, allzu kurzen Nacht mit ihren allzu vielen Gläsern Weißherbst! Aber ein Zurück gab es jetzt nicht mehr: Augen zu und durch! Tatsächlich kniff er einen Moment lang die Augen zu, was Thomas, dem die gequälte Miene seines Gegenübers nicht verborgen geblieben war, zu der sorgenvollen Frage veranlasste: »Alles in Ordnung mit dir, Hotte? Du siehst irgendwie nicht gut aus!«

»Danke für die Blumen«, knurrte der sich ertappt fühlende Horst zurück. »Too much wine and too much song – aber ansonsten bin ich fit wie ein Turnschuh!«

»Na hoffentlich! Du weißt, 40 Meter bei der Temperatur sind kein Pappenstiel – und außerdem ist es stockdunkel da unten. Da solltest du schon deine fünf Sinne beisammen haben! Wenn nicht, dann drehen wir lieber um und kommen in zwei oder drei Tagen nochmal. Bevor jetzt aus falsch verstandenem Heldenmut irgendein Blödsinn passiert ... Also ich habe nämlich keine Lust, dich nachher in die Druckkammer nach Überlingen verfrachten zu müssen!«

»Blödsinn«, brummelte Horst und wies mit einer raschen Kinnbewegung auf den linken Unterarm von Thomas. »Wenn einer wie du tauchen kann, obwohl er die Krätze hat, dann wird's bei mir mindestens genauso gut gehen!«

Augenblicklich zog Thomas seine Rechte vom Unterarm, an dem er sich, durch den Tauchanzug hindurch, heftig gekratzt hatte. »Ist schon nicht so tragisch! Ich weiß auch nicht, was da los ist, wahrscheinlich hab ich tatsächlich was Falsches gegessen: irgendwelche ungewaschenen gespritzten Erdbeeren oder so!«

»Und das als WKDler«, grinste Horst. »Das passt ja wie die Faust aufs Auge!«

»Mach dich nur lustig über mich. Also dann: hast du deine Flasche schon aufgedreht? O.K., wieviel Luft ist drin?«

Horst warf einen prüfenden Blick auf seinen Druckanzeiger, dann nickte er zufrieden. »220 bar, kann man nicht meckern. Das müsste eigentlich reichen für einmal runter und einmal rauf. Also – alles klar. Und bei dir?«

Thomas runzelte die Stirn, drehte noch einmal am Ventil seiner Pressluftflasche und drückte anschließend auf die

Luftdusche seines Mundstücks. Wieder starrte er auf seinen Druckanzeiger. »Komisch, irgendwie haben es die Jungs von der Tauchbasis mit mir diesesmal nicht so gut gemeint. 170 bar nur! Da müssen wir uns sputen! Ich sag's ja: so eine Doppelflasche, die wär hier schon viel eher das Richtige. Aber gut, jetzt ist es halt, wie's ist, und das heißt wirklich: rein ins Wasser und ruck-zuck runter an der Ankerleine. Aber mehr als zehn Minuten Grundzeit sollten wir nicht riskieren, was meinst du?«

Horst warf zur Sicherheit nochmals einen Blick auf die Deko-Tabelle, die er, Tauchcomputer hin oder her, grundsätzlich bei jedem Tauchgang mit sich führte. Dann nickte er zustimmend. »Seh ich genauso! Raus-rein-runter-rauf! Aber auf 6 Meter und auf drei Meter machen wir jeweils fünf Minuten Sicherheitsstop – und wenn's uns auch noch so friert. Einverstanden?«

Auch Thomas nickte. »Ist in Ordnung! Also dann: Haube auf, Handschuhe an, Flasche drauf und runter! Ich bin ja wirklich gespannt, was du sagst, wenn wir wieder oben sind! Jede Wette, dass du das mindestens genauso klasse finden wirst, wie das Tauchen in irgendeinem Korallenmeer. Diesen Kick, den kriegst du nämlich nur hier, und nicht in irgendeiner lauwarmen Badewanne!«

Das mit dem Kick sollte sich wenig später als absolut zutreffend erweisen, das mit der Wette war eine ganz andere Sache ...

Kapitel IX

Schon kurz nach dem Hineinspringen fühlte Horst die eisige Kälte, die sich um ihn herum ausbreitete und die ihn regelrecht zu erdrücken schien. Dazu kam bereits nach 5 oder 6 Metern absolute Dunkelheit, das grünlich-braune Dämmerlicht kurz unter der Wasseroberfläche war schnell einem merkwürdig gräulichen Blau gewichen, bevor er von völliger Dunkelheit umgeben war. In Anbetracht der Tatsache, dass sie mit ihrem begrenzten Luftvorrat beschlossen hatten, zügig abzutauchen, hatte sich Horst zwei Kilogramm Blei mehr als üblich in die Seitentaschen seines Jackets gesteckt.

Verdammt! Wo war denn eigentlich die Ankerleine, an der sie abgetaucht waren und vor allem: wo war Thomas? Horst schaltete die Lampe an, doch das Licht des Scheinwerfers reichte schätzungsweise gerade einmal drei Meter weit. Die zahllosen Schwebteilchen schienen das Licht geradezu aufzufressen, und so fühlte er sich wie gefangen in einem undurchdringbaren schwarzen Käfig, in dessen enger Mitte ein trübes grüngelbes Irrlicht tanzte!

12, 13, 14, 15 Meter: der Tiefenmesser auf seinem Tauchcomputer am Handgelenk bestätigte Horsts Eindruck. Er sank schnell, so schnell, dass er ständig damit beschäftigt war, gegen den sich permanent aufbauenden Druck in den Ohren anzupressen. Die unangenehme klamme Kälte machte den Ohren zusätzlich zu schaffen, aber jetzt bloß nicht verkrampfen und bloß nicht in Panik geraten!

Leichter gesagt als getan! Und außerdem: wo um alles in der Welt war Thomas? Er knipste die Lampe aus und spähte angestrengt in die ihn umgebende angsteinflößende Dunkelheit. Keine Spur von seinem Kollegen! Weit und breit kein Lebenszeichen, nichts ... Vielleicht wäre es besser, Luft ins Jacket zu pumpen und einfach nochmal hoch an die Oberfläche zu steigen. Und dann von oben noch einmal kontrolliert mit dem Abstieg zu beginnen, dann aber wirklich direkt und unmittelbar an der Ankerleine. Quatsch, verwarf er augenblicklich diesen Gedanken. Bis er jetzt oben wäre und die Luft herausgeblasen hätte, um dann wieder nach unten zu sinken, also das wären mindestens drei Minuten, die er dann auf Thomas verloren hätte. Und das bei dessen sowieso schon knappem Luftvorrat und bei ihrer maximalen Grundzeit von zehn Minuten. Womöglich mussten sie das Wrack am Grund erst einmal suchen, da bliebe ja dann nicht einmal mehr ... Da, war da nicht grade eben eine Art Blitz ganz schwach durchs Wasser geschossen?

Augenblicklich verwarf er seine Gedankengänge und konzentrierte sich auf die Stelle, an der er gemeint hatte, den Lichtblitze gesehen zu haben. Aber da war nichts mehr, außer tiefer schwarzer Dunkelheit! Halt! Doch! Wieder ein Blitz und jetzt, eine Sekunde später, zuckte der nächste durch das Wasser! Das musste Thomas sein, der jetzt seinen Blinker für Nachttauchgänge eingeschaltet hatte. Dessen Blitzlicht war so stark, dass es sogar die undurchdringlich scheinende Dunkelheit zu durchschneiden vermochte – wenngleich auch immer nur für Sekundenbruchteile, aber andererseits lange genug, um ihm den Weg zu seinem Tauchpartner zu weisen.

Im selben Moment verspürte Horst einen leichten Widerstand an seinen Flossen und gleich danach sank er rücklings auf den Boden. Anscheinend war der »Sinkflug« zu Ende und er war nun auf dem Grund des Sees angekommen. Hastig tastete Horst nach seiner Lampe und schaltete sie ein. Igitt – was war das denn?! Offensichtlich lag er hier in fast 40 Metern Tiefe mitten im zentimeterdicken Schlick, den er mit jeder Fuß- oder Handbewegung zusätzlich aufwirbelte. Ein Wolke aus Sediment und Schwebteilchen, die das bisschen Sicht, die der See überhaupt bloß zuließ, vollends zunichte machte! Na bravo: ein wunderschöner Tauchgang! Da lag er also nun auf 40 Meter Tiefe im Schmodder, umgeben von Wolken eiskalten-schlammigen Wassers!

In diesem Moment erreichte ihn der Strahl einer Lampe: unmittelbar vor seiner Maske tauchte der Kopf von Thomas auf. Er sah ihm forschend in die Augen, klar, Horst gab wahrscheinlich nach seiner Landung im Schlammbad einen derart jammervollen Anblick ab, dass die Vermutung nahelag, irgendetwas sei mit ihm nicht in Ordnung. Wie ein Maikäfer rücklings auf dem Misthaufen, schoss es ihm durch den Kopf und trotz der Kälte und der unangenehmen Dunkelheit musste er bei dieser Vorstellung lächeln.

Thomas presste die Spitzen von Daumen und Zeigefinger aufeinander und symbolisierte damit ein O, das international gebräuchliche Unterwasserzeichen für die Frage »Ist alles O.K. – ist alles in Ordnung?«. Horst nickte und tat es seinem Tauchpartner nach. Das war die Antwort: »Alles O.K.«. Und den Umständen entsprechend war es ja auch so, obwohl er sich an schönere Tauchgänge erinnern konnte.

Horst griff mit der Rechten an den Inflatorschlauch seines Jackets und ließ mit zwei kräftigen Stößen Pressluft in die Weste strömen. Bei dem gewaltigen Druck in dieser Tiefe konnte das im Sinne einer besseren Tarierung auf gar keinen Fall schaden. Dann stieß er sich mit derselben Hand leicht vom Untergrund ab: ekelhaft, wie er dabei mit dem Handschuh in den morastigen Schlick einsank. Aber immerhin: er »stand« dank dieses Manövers nun wieder senkrecht im Wasser. Vorsichtig schwenkte er die Lampe ringsum: tatsächlich, da war ja die Ankerleine, an der sie abgetaucht waren. Sie hatten es also geschafft, exakt unter ihrem Boot hinunterzudriften. Immerhin!

Thomas hob den Zeigefinger und deutete damit auf seinen Blinker, der nach wie vor eingeschaltet war und seine weithin sichtbaren Blitzsignale aussandte. Dann deutete er auf die Ankerleine und schwamm auf sie zu. Aha – das war klasse und das war absolut richtig gedacht, angesichts dieser eingeschränkten Sicht war es auch das einzig sinnvolle: Thomas befestigte den Blinker an der Ankerleine. Es wäre ihnen also nun dank der regelmäßigen strahlend hellen Blitze ein Leichtes, ihre Auftauchstelle wiederzufinden, selbst wenn die Sicht noch so bescheiden wäre. Horst nickte anerkennend: also Erfahrung hatte Thomas, und zwar nicht zu knapp! Eine solche Umsicht zeichnete einen guten Taucher aus und trennte auch in dieser Hinsicht die Spreu vom Weizen: Donnerwetter – wieder etwas gelernt!

Thomas hatte den Blinker mit zwei, drei raschen Handbewegungen an der Leine festgemacht und warf einen prüfenden Blick auf seinen Tauchcomputer. An der linken

Hand spreizte er darauf Daumen, Zeige- und Mittelfinger ab: drei Minuten waren also schon vergangen. Horst signalisierte »verstanden«. Viel Zeit blieb also nicht mehr, um die »Jura« zu inspizieren. Wo war das Wrack denn überhaupt. Suchend schaute er sich um, langsam den Lichtkegel seiner Lampe verfolgend, der einen fast aussichtslosen Kampf mit der sie umgebenden gnadenlosen Dunkelheit auszufechten schien. Thomas gab ihm ein Zeichen und winkte mit dem Lichtstrahl seiner Lampe (Das war die ganz eindeutig wesentlich stärkere! Schon wieder also an der falschen Stelle gespart!) nach rechts vorne.

Und tatsächlich: in einer Entfernung von vielleicht drei, vier Metern schimmerte das Heck eines in den Schlick gesunkenen hölzernen Schiffes auf. Fast wie erst gestern verunglückt lag es da, unmittelbar vor Horsts Augen. Konnte es sich bei diesem Schiff tatsächlich um die vor fast 140 Jahren gesunkene »Jura« handeln? Kaum zu glauben, aber Thomas hatte ihm ja schon bei einer ihrer letzten Unterhaltungen erzählt, wie unversehrt der alte Raddampfer im Grunde noch war – einmal abgesehen von den Beschädigungen, die ihm unachtsam geworfene Anker oder Souvenirjäger zugefügt hatten. Das hing ganz eindeutig mit der Kälte im See und der hier auf dieser Tiefe herrschenden ewigen Dunkelheit zusammen: ideale Konservierungsvoraussetzungen für das Wrack der »Jura«.

Vorsichtig paddelte Horst am Rumpf des fast eben auf seinem Kiel stehenden Schiffes entlang, fasziniert von dem schemenhaft-unheimlichen Anblick, der sich ihm im Schein der Lampe darbot. Hier musste der Bug des Wracks kommen. Tatsächlich: sogar Schnitzereien waren im Holz noch zu erkennen! Zufrieden lächelnd blickte Horst sich um und deutete mit der ausgestreckten Hand auf seine Entdeckung. Ob Thomas diese Schnitzereien bei seinen früheren Tauchgängen an die »Jura« auch schon aufgefallen waren? Thomas! Wo war Thomas! Horst drehte sich um und ließ den Strahl seiner Lampe am Schiffsrumpf entlang wandern, so gut das bei diesen Sichtverhältnissen eben möglich war.

Innerlich fluchend machte er kehrt: vor lauter Spannung und Konzentration auf sich selbst hatte er seinen Tauchpartner aus den Augen verloren! Und das in dieser Tiefe und bei diesen schauderhaften Bedingungen! Eigentlich unverzeihlich, bodenlos leichtsinnig und dumm, denn wie sollte man einander helfen, wenn keiner auf den anderen Acht gab. Und in dieser Tiefe konnte verdammt schnell verdammt viel Unangenehmes passieren! Andererseits: das passte doch ganz und gar nicht zu dem sonst so vorsichtigen und erfahrenen Thomas, ihn alleine vorneweg schwimmen zu lassen und ihn nicht ständig im Blickwinkel zu behalten. Aber wo war Thomas?!

Mit beunruhigender Regelmäßigkeit zuckten die Blitze des vorhin an der Ankerleine festgemachten Blinkers durch das schwarze Wasser, fast wie die Blinklichter eines Notarztwagens. Horst schauderte. Ein Blick auf den Computer signalisierte ihm, dass ihnen noch maximal eine Minute Grundzeit blieb, spätestens dann war es höchste Zeit, wieder aufzutauchen. Aber wo verdammt noch mal war Thomas? Thomas!!

Wie ein stummer Schrei fraß sich der Name seines Kollegen in Horsts allmählich von beklemmender Panik gemartertem Gehirn fest. Thomas – wo war Thomas? Weshalb hatte der ihn einsam und alleine hier in der gnadenlosen eiskalten schwarzen Tiefe zurückgelassen – mutterseelenallein! So verlassen und derart preisgegeben, wie Horst sich fühlte, konnte sich kein zweiter Mensch im gesamten Universum vorkommen!

Von äußerster Panik vorwärtsgetrieben, bewegte er sich mit hektischen Paddelbewegungen auf die Richtung zu, aus der die vom Blinker ausgesandten grellen Lichtsignale in die Dunkelheit zuckten.

Wo aber war Thomas? Was war mit Thomas passiert? Thomas!!!!!!!!!

»Tut mir leid! Wirklich!« Der Arzt schien tatsächlich geknickt und deprimiert, als er Horst am Tag danach die niederschmetternde Wahrheit zu offenbaren hatte. Immerhin hatte es der Professor höchstpersönlich für nötig erachtet, Horst im Druckkammerzentrum für verunglückte Taucher des Kreiskrankenhauses Überlingen die bittere Erkenntnis mitzuteilen: Exitus!

»Da war nichts mehr zu machen – überhaupt nichts mehr! Ihr Kollege war schon tot, als er an die Oberfläche geschwemmt worden ist!«

Horst fasste sich mit beiden Händen an den Kopf: Er konnte einfach nicht glauben, was er da gerade eben gehört hatte! Exitus! Aus! Schluss! Vorbei! Thomas war tot! Gestorben bei einem Tauchgang, auf dem er, Horst, ihn begleitet hatte! Unmöglich! Ein Unding! Das konnte nicht, das durfte einfach nicht wahr sein!

»Und der Herr Dr. Bär hat auch schon angerufen! Auch ihm habe ich natürlich nichts Besseres mitteilen können.« Rastlos wanderten die Augen des Chefarztes zwischen Horst, dem Fenster und der mittlerweile sperrangelweit offen stehenden Tür der Druckkammer hin und her. Dort hatte er sofort nach seiner Ankunft mit dem Notarztwagen vorsichtshalber die letzten 24 Stunden verbringen müssen, dort hatte man seinen Körper wieder auf die Druckverhältnisse in der Tiefe konditioniert und den Druck dann ganz allmählich vermindert. Er hatte gewaltiges Glück gehabt – das hatten ihm die behandelnden Ärzte mehr als nur einmal kopfschüttelnd versichert. Aus dieser

Tiefe nach einer Grundzeit von knapp zehn Minuten so blitzschnell an die Oberfläche durchzuschießen: das hätte leicht mit einer schweren bleibenden inneren Verletzung, Querschnittslähmung oder gar mit dem Exitus enden können!

Exitus! Das Wort schoss blitzartig wie eine Harpune durch sein Gehirn, um wenig später in einem grellen Blitz in seinem Kopf zu explodieren. Ihm wurde schwindlig. Gerade noch rechtzeitig konnte er sich mit den Händen an der Lehne des vor ihm stehenden Stuhles festklammern. Die Bilder würden ihm zeitlebens nicht mehr aus dem Kopf gehen. Während man ihm Infusionen angelegt und ihn für die Zeit in der Druckkammer vorbereitet hatte, konnte Horst neben sich die Liege erkennen, auf der ein nach wie vor lebloser Körper, gespickt mit Infusionen, Pflastern und Reanimationsgeräten, von hektisch sich bewegenden Ärzten und Schwestern umringt war: Thomas! Keiner hatte ihm in den letzten Stunden die Frage beantwortet, was denn mit seinem Freund geschehen war, ob er noch lebte, weshalb man nicht erst einmal ihn in der Druckkammer behandelt hatte, ob es denn tatsächlich so schlimm um ihn stünde, wie es den furchtbaren Anschein hatte.

Und jetzt dies – wie ein Blitz aus heiterem Himmel die endgültige Diagnose: es war aus, vorbei. Thomas war gestorben, sie hatten ihm nicht mehr helfen können! Thomas war tot!

Schauernd wandte er sich ab und fuhr sich mit der Hand über die Stirn, um sich auf die Worte des Professors zu konzentrieren. Was hatte der da gerade von irgendeinem ihm unbekannten Anrufer gesprochen? »Wie, der Herr

Bär? Welcher Herr Bär?« Irritiert stierte er den Professor an.

»Na, der Landrat!« Genauso indigniert glotzte der ganz offensichtlich schwer gestresste Mediziner nun zurück. Sicher: auch für einen wie ihn, der ja jeden Tag schon rein berufsmäßig irgendwie im Clinch mit dem Tod zu liegen hatte, war so eine Geschichte alles andere als leicht zu verdauen. Wozu war man schließlich – zurecht – stolz auf die Druckkammer im Überlinger Krankenhaus? Und um wieviele Lichtjahre würde es die Statistik wieder zurückwerfen, wenn man einen Exitus während des laufenden Betriebs zu verzeichnen hatte. Während eines Betriebs, der doch schon so viele Leben gerettet hatte – wie auch immer und zu welchem Preis auch immer (was sowohl die Frage nach der künftigen Lebensqualität des so geretteten, eventuell im Rollstuhl sitzenden Notfallpatienten genauso aufwarf wie die hartnäckige, ständig wiederkehrende Frage der Krankenkassen nach Kosten und Effizienz einer solchen Einrichtung). Klar, dass die verantwortlichen und auf ihre Druckkammer zurecht stolzen Ärzte alles andere als erbaut darüber waren, dass nach langer Zeit mal wieder einer ihrer Patienten »über den Jordan gegangen war«!

»Welcher Landrat?« Soviel Horst sich in der Kommunalpolitik des Landkreises Friedrichshafen auskannte, und zu diesem gehörte schließlich auch die Stadt Überlingen, hörte der Landrat des Bodenseekreises auf einen ganz anderen Namen.

Mit einer unwirschen Bewegung des rechten Armes schien der Chefarzt Horsts Frage regelrecht vom Tisch zu wischen. »Na, der Dr. Bär eben – der Landrat von Konstanz! Wer denn auch sonst?!« Missmutig fixierte er sein Gegenüber durch die dicke Hornbrille hindurch.

»Aber der ist doch dafür gar nicht zuständig, woher weiß denn der schon …«

»Was heißt hier: nicht zuständig? Schließlich ist der Unfall – rein theoretisch – in der Schweiz passiert und ein Beamter aus dem Landkreis Konstanz war das Opfer! Wir sind doch hier nicht in einer Bananenrepublik, sondern in einem modernen telekommunikativen Rechtsstaat, hören Sie mal! Da weiß man so was eben ganz einfach! Da hat man das schlichtweg zu wissen!« Zornesfalten zerfurchten nun die Stirn des Mediziners. »Und glauben Sie bloß nicht, dass diese Geschichte so mir-nichts-dir-nichts im Sande verlaufen wird! Das ist eine internationale Affäre, die noch nicht einmal innerhalb der Europäischen Gemeinschaft geregelt werden kann. Denn der Unfall ist schließlich auf Schweizer Boden passiert, und das macht die Sache besonders delikat!«

Horst konnte – trotz seines momentanen Gemütszustandes – einfach nicht anders: »Na ja, Schweizer Boden würde ich nicht direkt sagen, eher schon Schweizer Wasser …«

Der Professor fixierte ihn mit einem bösen Blick: »Also ich an Ihrer Stelle würde mir mehr Gedanken über eine ordentliche Erklärung der ganzen Chose machen als mein bisschen Gehirnschmalz auf solch eine saudumme Replik zu verwenden! Jetzt sagen Sie doch endlich mal: was ist da unten denn eigentlich passiert?!«

»Wenn ich das nur wüsste!« Horst war dem Wahnsinn nahe: es war ein regelrechter Alptraum, dem er sich seit

Stunden wehrlos ausgesetzt fühlte. Und ehrlich gesagt wusste er nicht mehr aus noch ein. »Ich kann Ihnen nur so viel sagen, dass wir zusammen ordnungsgemäß abgetaucht sind, alles war vorher durchgecheckt, alle Systeme waren in Ordnung. Wir haben nichts übertrieben, haben uns am Grund völlig kontrolliert und normal verhalten, Thomas war sowieso ein absolut umsichtiger und erfahrener Taucher ...«

Der Professor schnaubte wütend: »Erfahrener Taucher! Wenn ich das schon höre ... Wie viele »erfahrene Taucher« vom Teufelstisch habe ich schon hinterher auseinandernehmen müssen? Und jedesmal dasselbe: Selbstüberschätzung, Panik, Exitus ...!«

Jetzt stieg auch in Horst allmählich die Galle hoch! Nein, derartige Legenden würde er seinem toten Freund nicht anhängen lassen! »Reden Sie keinen Blödsinn, ja! Sie waren schließlich nicht dabei! Also nochmal: da war nichts und da gab es auch nicht den Hauch eines Fehlverhaltens! Mir ist die ganze Geschichte mehr als schleierhaft!«

Horst wurde schwindlig, wenn er auch nur ansatzweise an die zurückliegenden fünf Horrorstunden dachte: als er panikartig zurück zum Ankerseil geschwommen war, hatte er schemenartig zuckende Bewegungen im Wasser wahrgenommen. Das musste Thomas sein! Doch durch das heftig durcheinandergewirbelte Sediment aufgrund der hektischen Flossenschläge war eine klare Sicht selbst auf gerade mal drei Meter Entfernung unmöglich geworden. Thomas! Was war mit ihm geschehen?! Wieso bewegte er sich derart merkwürdig und wieso baumelte da unter ihm

... Nein! Was er da sah, ließ ihm das Blut in den Adern gefrieren! Weshalb um alles in der Welt hatte Thomas denn sein Mundstück aus dem Mund genommen und es offenbar auch nicht einmal in der Hand behalten?

Horst hatte keine Chance, seine Gedanken unter Kontrolle zu bringen, denn im selben Moment schoss Thomas, wie von einer Rakete getrieben, in Richtung Oberfläche! Das durfte doch alles einfach nicht wahr sein! Horst fühlte sein Herz unter dem dicken Neoprenanzug heftig pochen. War das etwa die erste Stufe des Tiefenrausches? Verfolgten ihn üble Halluzinationen? War mit Thomas tatsächlich irgendetwas Schlimmes geschehen oder befand er sich selbst mittlerweile in Lebensgefahr, weil seine Sinne ihm Dinge vorspiegelten, die weitab von der Realität waren, ja sein mussten?! Hatte in Wirklichkeit also ihn der Tiefenrausch in seine tödliche Umklammerung genommen?

Unter Nichtbeachtung sämtlicher Dekotabellen und Sicherheitsmargen folgte Horst seinem Tauchpartner so schnell wie irgend möglich nach oben. An der Wasseroberfläche angekommen glaubte er, seinen Augen nicht trauen zu können. Tatsächlich: hier trieb Thomas, mit dem Bauch nach oben, das Mundstück ausgespuckt (ganz offensichtlich war ihm unter Wasser schlecht geworden und er hatte sich übergeben müssen). Ein dünnes rotes Rinnsal floss aus seinem Mund, die Augen waren in panischem Entsetzen auf einen fiktiven Punkt am Himmel gerichtet, der Atem ging unregelmäßig, keuchend und stoßweise!

»Thomas, um Gottes Willen Thomas! Was ist denn um alles in der Welt passiert da unten?« Nur mühsam stieß Horst die Worte hervor, überwältigt vom dramatischen

Geschehen der letzten fünf Minuten und selbst kurz vor einem Ohnmachtsanfall stehend!

Doch aus Thomas' Mund kam keine Antwort mehr. Hektisch zerrte Horst am Jacket des Verunglückten – er musste ihn irgendwie ins Boot bekommen, aber wie um alles in der Welt? Übelkeit stieg in ihm auf, eine eiserne Kralle schien gnadenlos sein Gehirn zusammenzuquetschen! Er war viel zu schnell aufgestiegen, das war klar, aber was tun jetzt? Bloß nicht ohnmächtig werden, alle Kräfte zusammennehmen, sich konzentrieren, dagegen ankämpfen, sonst hatten sie beide keine Chance mehr. Wo war das Boot eigentlich? Er schaute sich um – na Gott sei Dank! Er löste seinen Griff von Thomas und schwamm mit wenigen Flossenschlägen hinüber. Aber wie hineinkommen? Das Boot neigte sich bedenklich, als er sich mit beiden Händen an der Seite festhielt. Jetzt hätte er Thomas gebraucht, wenn der sich an der gegenüberliegenden Seite festhalten könnte und so für das nötige Gegengewicht gesorgt hätte! Aber von Thomas war keine Hilfe zu erwarten – im Gegenteil. Ein rascher Blick zurück ließ Horst fast verzweifeln: das rote Rinnsal aus dem Mund von Thomas hatte sich verstärkt, die Atmung war weder sicht- noch hörbar, es musste nun ganz rasch etwas passieren!

Krampfhaft schälte sich Horst aus seinem Jacket: nur so konnte es gehen! Nur wenn er das Gewicht von Flasche und Blei abgestreift hatte, war er eventuell in der Lage, ins Boot zu klettern. Unter Aufbietung all seiner verbliebenen Kräfte und permanent gegen die ständig zunehmende Übelkeit ankämpfend zog er sich – unterstützt von heftigen Paddelbewegungen mit den Flossen – in das sich bedrohlich zur Seite neigende Boot. Vor Anstrengung keuchend blieb er einige Sekunden bäuchlings so auf dem Boden liegen: schwarze Dunkelheit breitete sich in seinem Kopf aus. Nein, das durfte er nicht zulassen, er musste bei Bewusstsein bleiben, er musste jetzt schauen, wie er Thomas in das Boot hieven konnte. Irgendwie musste er es schaffen und dann versuchen, ans Ufer zu gelangen und Hilfe zu suchen. Hoffentlich kam er mit dem Motor zurecht! Aber jetzt erst mal Thomas aus dem Wasser bekommen!

Vom Boot aus gelang es ihm, wieder das Jacket von Thomas zu fassen. Doch an ein Anheben des Verunglückten war nicht zu denken. Horst spürte, wie seine Kräfte mehr und mehr schwanden – lange würde er nicht mehr durchhalten und Hilfe war weit und breit nicht in Sicht! Wenn doch bloß ein Boot in der Nähe wäre, das er auf ihre Notlage aufmerksam machen könnte! Im selben Moment drang ein merkwürdig gedämpftes Geräusch wie von weiter Ferne an sein Ohr. Irritiert drehte er sich in die Richtung, aus der er das Geräusch zu hören gemeint hatte. Irgendwie kam es ihm bekannt vor, aber seine erschöpften Sinne schienen ihm allmählich die Gefolgschaft zu versagen. Da! Wieder dieses Geräusch, von links unten, meinte er, könnte es gekommen sein! Halluzinationen – ganz offensichtlich! Horst senkte den Blick auf die Stelle, wo er das Klingeln vermutet hatte. Das Klingeln! Die Sporttasche! Und wieder hörte er es: richtig, das kam aus seiner Sporttasche, das war sein Handy! Doch, er hatte es vorher eingepackt und offenbar vergessen auszuschalten. Gott sei Dank!

Mit zitternden, vor Kälte steifen Fingern öffnete er den Reißverschluss der Tasche und durchwühlte hektisch deren Inhalt. Da war es! Endlich! Wieder ein Klingeln, jetzt klar und deutlich zu hören. Mit einem energischen Ruck riss er das Telefon aus der Tasche und drückte den grünen Knopf. »Hilfe!« Es war mehr ein heiseres, fast unverständliches Krächzen, das er mühsam zwischen den Zähnen hervorstieß, als ein Hilferuf. War das überhaupt seine Stimme gewesen, die er da gerade gehört hatte?

»Hallo? Hallo – ist da jemand?!« Der Teilnehmer am anderen Ende schien nichts verstanden zu haben.

Horst versuchte, die in ihm mehr und mehr Platz greifende Panik hinunterzuschlucken. Konzentration war jetzt alles. Er schloss die Augen, versuchte einen ruhigen Atemzug und murmelte leise, so leise, dass er es selbst kaum hören konnte: »Hilfe! Helfen Sie mir bitte!«

»Hallo! Hallo? Wer ist denn da am Telefon?«

Das war zu leise gewesen! Klar! Horst wurde schwindlig, aber es half alles nichts: er musste sich jetzt zusammennehmen! Das war ihre letzte Chance! Also – ein neuerlicher Versuch – und diesesmal konnte er relativ deutlich eine Stimme hören, eine ihm fremde Stimme, gerade so, als ob jemand neben ihm stünde und in sein Mikrofon sprechen würde: »Hier ist Meyer, Horst Meyer! Hilfe! Helfen Sie mir bitte, wir sind in Seenot ...«

Jetzt überschlug sich die Stimme des Gesprächsteilnehmers: »Horst! Was soll denn das! Mach keine Witze mit mir Horst! Komm, lass den Quatsch!«

Wie durch immer dichter werdende Nebelschwaden registrierte Horst den Tonfall und die ihm irgendwie bekannte Aussprache des anderen. Wo hatte er schon einmal ... früher ... schon lange her ... Protnik! Das war Protnik! Protnik war am Telefon! Der ihm so vertraute Name elektrisierte ihn förmlich und verschaffte ihm ein letztes Mal die nötige Energie, um seinen Hilferuf abzusetzen. Jetzt nur nicht durchdrehen! Bleib ruhig und versuche, deutlich zu artikulieren: »Hallo, Michael«, raunte er heiser in den Hörer. »Michael, das ist kein Quatsch. Ich bin in Seenot! Thomas auch! Michael, wir brauchen Hilfe, dringend! ... Sind getaucht ...« Das Sprechen fiel ihm schwerer und schwerer. »Getaucht ... Bodensee ... Michael ... Jura ... von Schweiz aus ... Michael ... merk dir ... Bottighofen ... Tauchen ... Dekounfall ... Micha ... schnell ...«

Der Hörer fiel ihm aus der Hand und Horst sackte zusammen. Ein undurchdringlicher weißer Nebel breitete sich in seinem Kopf aus und Sekundenbruchteile später schoss er durch die unheimliche tiefe schwarze Dunkelheit des unendlichen Universums, ein Staubkorn im Weltall ... Horst war in einer gnädigen tiefen Ohnmacht versunken ...

»Horst, hallo Horst, wo genau sagst du, war das? Horst!!! Melde dich!! Horst!!!« Die Panik hatte nun auch Protnik am anderen Ende der Leitung ergriffen. Was um alles in der Welt war da passiert? Hoffentlich hatte er den fast unverständlich geflüsterten Ortsnamen richtig verstanden! Bottenhofen? Bottichkofen? »Horst! Sag doch einmal was! Horst!!!!!«

Zwei Tage nach dem grässlichen Unfall bekam Horst Besuch in seinem Zimmer im Überlinger Kreiskrankenhaus, wo die Ärzte ihn, all seinen Protesten zum Trotz, noch eine Zeitlang zur Beobachtung untergebracht hatten.

Es klopfte leise an der Tür und kurz darauf betrat Michael Protnik den Raum: »Ja, da ist ja unsere Wasserleiche! Frisch gewaschen und gekämmt! Und schon wieder so schöne rote Bäckchen!«

Horst stöhnte leise. »Protnik, bitte! Ich bin nicht so richtig in Stimmung für alberne Scherze!«

Beschwichtigend hob sein Besucher die Hände. »Ist ja schon gut! Ich hab's ja nur gut gemeint! Wollte dich halt ein bisschen aufmuntern! Aber klar, akzeptiert: Du musst die ganze Geschichte erst mal verdaut haben! Seh ich ein – logisch!« Jovial tätschelte er seinem Freund die Schulter. »Wird schon wieder werden, wart nur mal ab!«

»Wenn ich nur wüsste, was eigentlich überhaupt los war, dann wäre ich ja selber schon ein ganzes Stück weiter!« Nachdenklich stierte Horst auf die Decke seines Krankenbettes, danach blickte er auf. »Sag mal, Sputnik! Hast du denn in der Zwischenzeit irgendwas läuten hören?« Forschend blickte er seinem Freund und ehemaligen Kollegen aus Ulmer Mordkommissionszeiten ins Gesicht. Ein kaum wahrnehmbares, ganz leichtes Flackern in dessen Augen verriet die Verlegenheit, in der dieser bei der Beantwortung der Frage kurzzeitig steckte.

Verlegen senkte Protnik den Kopf. »Nö, eigentlich nichts! Die Zeitungen haben halt einen Artikel gebracht, über einen tödlichen Unfall beim Wracktauchen da drüben, in der Schweiz. Nichts Großartiges, im Großen und Ganzen.«

Horst wusste, da steckte mehr dahinter. Protnik versuchte, ihn zu schonen. »Und uneigentlich? Was hört man da so? Komm, gib's zu: ich verwette meinen letzten Liter Pressluft, wenn die nicht was von bodenlosem Leichtsinn, Unerfahrenheit und Amateuren in ihr Blatt geschmiert haben!« In diesem Augenblick schoss Horst ein stechender Schmerz durch die Brust: seine Wette mit dem letzten Liter Luft war aber auch alles andere als geschmackvoll gewesen, denn in genau dieser Situation hatten er und sein verunglückter Freund ja letztendlich gesteckt. Seine Nerven waren anscheinend immer noch ...

Doch bevor Horst sich weiter in Selbstmitleid und diffuse Kritik an nicht gelesenen Zeitungsartikeln verstrikken konnte, polterte es neuerlich an der Zimmertür. Ohne die Aufforderung einzutreten abzuwarten, flog noch im selben Moment die Tür auf und vier Personen stürmten in das Krankenzimmer. Überrascht wandten Horst und Protnik sich um.

Bei den vier Besuchern handelte es sich um den Professor, der Horst und Thomas in der Druckkammer behandelt hatte, sowie einen Polizeibeamten in Uniform und zwei Mitdreißiger, die Horst bisher noch nie gesehen hatte.

»Entschuldigen Sie, dass wir einfach so hereinplatzen«, begann der Professor grußlos die Unterhaltung. Und man merkte es ihm auf den ersten Blick bereits an: es war ihm völlig schnuppe, ob sich Horst und sein Besucher gestört fühlten oder nicht. Eine unangenehme Spannung schien mit einem Mal den Raum zu beherrschen.

»Also, um gleich zur Sache zu kommen«, damit drehte sich der Arzt mit einer leichten Bewegung des Oberkörpers in Richtung der beiden Männer in Zivil, die gerade die Tür hinter sich geschlossen hatten. »Diese beiden Herren sind Kollegen von Ihnen – und von Ihrem verstorbenen Tauchpartner!«, fügte er stirnrunzelnd hinzu.

Allein die Formulierung »verstorbener Tauchpartner« ließ Horst frösteln. Er konnte noch immer nicht glauben, was ihm da vorgestern widerfahren war. Matt nickte er den beiden zu.

Der größere der Kollegen machte die Andeutung eines Kopfnickens und zog seinen Dienstausweis aus der Jakkentasche: »Hauptkommissar Hofer, Polizeidirektion Konstanz. Und das hier«, er nickte in Richtung des neben ihm stehenden Mannes, »das ist der Kollege Schlotterbeck vom Landeskriminalamt in Stuttgart.«

Horst murmelte einen schwachen Gruß, während Protnik auf die beiden zuging und ihnen die Hand schüttelte. »Freut mich, Kollegen. Und mein Name ist Protnik, Michael Protnik von der Mordkommission Ulm.«

Irritiert blickten sich Hofer und Schlotterbeck an. Der Konstanzer Kommissar ergriff wiederum als Erster die Initiative. »Mordkommission Ulm? Was haben Sie denn mit diesem Fall zu tun?«

Protnik lächelte hilfsbereit. »Überhaupt nichts. Rein gar nichts. Ich bin nur ganz privat hier, weil der Herr Meyer«, damit nickte er in Horsts Richtung, der sich gerade stöhnend in eine senkrechtere Sitzhaltung zu bringen versuchte,

»der Herr Meyer und ich sind Kollegen – alte Kollegen schon. Und auch seit langem gut befreundet«, fügte er noch rasch hinzu.

Der Professor verzog missmutig das Gesicht. »Dann steht also einem kriminalistischen Kaffeekränzchen nichts mehr im Wege! Kommen wir also zur Sache«, mit einer übertrieben deutlichen Bewegung blickte er auf seine Armbanduhr, eine echte Taucheruhr – eine von der teuren Sorte, wie Horst sofort registrierte. So eine, mit der man theoretisch bis auf 200 Meter Tiefe gehen konnte, was man ja bekanntlich nie und nimmer konnte. Eine richtige Angeberuhr also. »Ich habe nämlich noch ein paar Patienten mehr zu betreuen!«

Auch den beiden Kripokollegen schien dieser Ton nicht sonderlich zu schmecken, doch sie sahen sich nur vielsagend an. »Einen Moment noch, Professor!« Wieder war es Hofer, der das Gespräch weiterführte. »Zuerst müssen wir, rein formal nur, aber immerhin, fragen, ob es dem Herrn Meyer recht ist, wenn sein Kollege bei der Vernehmung im Zimmer bleibt. Er ist zwar Polizeibeamter, aber dennoch ...« Damit drehte er sich zu dem uniformierten Beamten um: »Ach ja, Löschner, Sie können gerne unten in der Cafeteria auf uns warten.«

Der Uniformierte nickte und verließ augenblicklich das Zimmer. »Also, Herr Meyer, damit wir weiterkommen. Soll Ihr Bekannter ebenfalls solange rausgehen?« Nervös trommelte der Arzt mit den Fingern der rechten Hand auf seinem linken Unterarm.

»Nein, natürlich nicht. Der Herr Protnik kann bleiben, selbstverständlich. Aber bitte, meine Herren«, und damit richtete er sich noch etwas steiler auf, »wir sind doch unter Polizeibeamten! Aber – nichts für ungut Herr Kollege – was hat ein Kommissar vom LKA aus Stuttgart bei einem Tauchsportunfall am Bodensee zu suchen?«

Der Professor schnaubte heftig. »Tauchsportunfall! Schön wärs ja! Von wegen Unfall!«

Irritiert stierte Horst den Mann im weißen Kittel an. »Natürlich Unfall, was denn sonst? Glauben Sie etwa, ich habe den Herrn Grundler umgebracht?!« Er zitterte plötzlich vor Erregung, am liebsten hätte er dem unsympathischen Schnösel eins auf die Mütze gegeben ... aber dessen Antwort kam postwendend.

»Weiß ich nicht, ob Sie das waren oder irgend jemand anderer. Ich weiß auch nicht warum, ich weiß nur dass. Also nochmal, um es klipp und klar, und zwar in aller Deutlichkeit auszusprechen: ihr Kollege Thomas Grundler ist bei dem Tauchgang, den Sie mit ihm zusammen unternommen haben, umgebracht worden!«

Horst fühlte sich, als hätte er in diesem Augenblick einen Messerstich in die Magengegend versetzt bekommen. »Aber ... aber wie denn? Da, da war doch gar niemand außer uns beiden. Da war doch nur der Thomas und da war ich, sonst war da keiner!«

»Eben!« Der Professor nickte düster. »Aber um die Frage nach dem Täter aufzuklären, dafür sind ja ihre Kollegen da. Ich für meinen Teil kann nur sagen, womit der Mord verübt worden ist. Meine Theorie ist in dieser Hinsicht eindeutig und die Untersuchung der Taucherflasche Ihres Kollegen wird sie bestätigen. Dennoch: um ganz sicherzugehen, möchte ich jetzt von Ihnen noch einmal eine haargenaue Schilderung, was seit dem Moment passiert ist, als Sie und Ihr Kollege ins Wasser gesprungen sind. Und bitte so detailliert, wie es nur irgend geht!«

Das Zimmer schien sich um Horst zu drehen. Seit Tagen hielt ihn ein Alptraum gefangen, von dem er offenbar nie mehr los kam. Im Gegenteil: mit jeder Minute wurde alles immer noch schlimmer! Hilfe suchend fixierte er Protnik, doch der runzelte lediglich, selbst tief betroffen, die Stirn.

»Also, Herr Meyer! Dann schießen Sie mal los!« Auch Schlotterbeck, der Mann vom LKA, hatte sich nun in das Verhör eingeklinkt und drückte auf die »Record«-Taste seines Diktiergerätes.

Eine knappe halbe Stunde später schloss Horst erschöpft die Augen und ließ sich in sein Kissen zurücksinken. Das war ja ein Verhör wie im Agententhriller gewesen! Jede Sekunde ihres Tauchgangs hatte er haarklein schildern müssen und bei jedem noch so kleinen Detail hatten sie eingehakt und nachgefragt.

»So – das war's von meiner Seite – mehr weiß ich nimmer. Denn noch während ich mit dem Herrn Protnik telefoniert und ihn um Hilfe gebeten habe, bin ich ohnmächtig geworden. Das nächste, was ich mitbekommen habe, war der Raum vor der Druckkammer hier im Krankenhaus. Und neben mir lag der Herr Grundler auf einer Trage!« Ihm war plötzlich eiskalt, trotz des strahlenden Sonnenscheins, der von draußen durch das Fenster drang, fröstelte er. Seine Nerven würden das alles nicht mehr lange mitmachen!

»Komischer Zufall, dass ausgerechnet in dem Moment das Handy klingelt, wo sie sich ins Boot ziehen«, Schlotterbeck zog die Stirn in Falten und musterte Protnik durchdringend.

Dem schoss die Röte ins Gesicht. »Na ja. Ich hatte halt eine Abmachung mit dem Herrn Meyer. Der wollte mich nämlich anrufen und mir sagen, wo und wann wir uns zu einem gemeinsamen Abend mit dem Herrn Grundler treffen wollten. Und weil der Horst«, mit einem verlegenen Gesichtsausdruck wandte er sich vom Krankenbett ab, »na ja, weil der Herr Meyer halt schon mal vergessen hat, mich anzurufen, hab ich gedacht, ich probier's halt mal selber.

So einfach war das – und übrigens«, fügte er noch hinzu. »Ich hab davor schon zweimal durchgeklingelt. Aber da ist niemand rangegangen. Erst beim drittenmal ...« Er brach den Satz an dieser Stelle ab.

Schlotterbeck nickte nachdenklich.

Jetzt war es aber langsam an der Zeit nachzuhaken. Horst drehte sich in Richtung des Arztes. »So – und nun bitte erzählen Sie mir aber auch, welche Schlussfolgerungen Sie gezogen haben! Wieso um alles in der Welt kommen Sie auf Mord?« Gespannt nahm er den Professor ins Visier.

»Ihr Kollege«, begann dieser mit ernster Miene, »ist an einer Sauerstoff-Vergiftung ... nun ja – vielleicht nicht gestorben, aber zumindest hat er unter Wasser eine Sauerstoff-Vergiftung erlitten!«

Horst beugte sich mit einer heftigen Bewegung nach vorne. »Aber das ist unmöglich. So lange waren wir doch gar nicht im Wasser – und auch unsere Grundzeit war doch höchstens neun Minuten – allerhöchstens. Tiefenrausch, O.K., vielleicht, aber Sauerstoff-Vergiftung: unmöglich!« Heftig schüttelte er den Kopf, so als ob er seine gerade getroffene Feststellung mit dieser Geste noch unterstreichen könne.

Der Professor hob indigniert eine Augenbraue. »Erklären Sie mir nicht meinen Beruf! Wenn ich sage Sauerstoff-Vergiftung, dann meine ich Sauerstoff-Vergiftung! Ihr Freund mag zwar nicht ursächlich daran gestorben sein, aber der Auslöser für die ganze Katastrophe, die sich vorgestern an der »Jura« abgespielt hat, war ganz eindeutig und ohne Zweifel eine Sauerstoff-Vergiftung in großer Tiefe!«

Horst schüttelte neuerlich den Kopf. »Ich begreif das trotzdem nicht! Wie soll denn das gehen?«

Der Professor schaute ihn durchdringend an. »Leider ganz einfach – obwohl selbst ich von solch einem Fall auch noch nie gehört habe: irgend jemand hat an der Pressluftflasche ihres Kollegen herummanipuliert. Ganz konkret: man hat bei ihrem Freund die Pressluft aus der Flasche abgelassen und dann reinen Sauerstoff, O_2, hineingefüllt!«

Horst war sprachlos. »Aber das ist ja unglaublich! Wer soll denn das getan haben?!«, stammelte er.

Der Arzt zuckte die Schultern. »Weiß ich nicht, dafür sind ja wie gesagt ihre Kollegen da. Ich weiß nur, dass das natürlich eine besonders niederträchtige Form ist, um jemanden in Lebensgefahr zu bringen. Dazu gehört schon eine gewaltige Menge an krimineller Energie!

Und außerdem einige chemisch-physikalische Grundkenntnisse, gepaart mit einem gewissen medizinischen Sachverstand.«

»Erzählen Sie bitte«, forderte der Hauptkommissar aus Konstanz den Mediziner auf.

Der blickte verdrieslich ein weiteres Mal auf seine Taucheruhr und runzelte kritisch die Stirn. Dann hob er die Hände vor den Oberkörper und markierte mit ihnen eine Entfernung, die in etwa dem Außenmaß einer 15 Liter Pressluftflasche entsprach. »Also, meine Herren. Folgendermaßen: wie wir als Taucher ja eigentlich alle wissen, ist reiner Sauerstoff beim Tauchen lebensgefährlich. Sauerstoff ist in unserer normalen Atemluft gerade mal mit einem Anteil von 21 Prozent vertreten. Und wir füllen in die Pressluftflaschen – wie schon der Name sagt – nichts anderes hinein als ganz normale Luft. Diese wird vom Kompressor angesaugt mit über 200fachem Druck in die Flasche gepresst. Auf dem Druckmesser sehen Sie es ja dann an der Anzeige: 210 bar, 220 bar, 230 bar. Bis dahin alles verstanden?« Forschend sah er sich in dem Zimmer um. Alle Anwesenden nickten.

»Also gut. Dann geht es weiter! Wie gesagt: Sauerstoff als solcher ist zwar wichtig, aber ab einer bestimmten Konzentration eben auch toxisch, giftig also! Seit ungefähr hundert Jahren wissen wir, dass das so ist. Und die Toxizität des Sauerstoffs nimmt um so mehr zu, je höher der Druck ist, der auf die Sauerstoffmoleküle wirkt. Deshalb übrigens hat die Tauchsportmedizin schon vor langer Zeit die ominöse 30-Meter-Tiefenbegrenzung für normale Sport- und Hobbytaucher eingeführt. Wer längere Zeit unter dieser Marke taucht, setzt sich der deutlichen Gefahr einer Sauerstoff-Vergiftung aus!« Er machte eine wegwerfende Handbewegung. »Natürlich kommen ab dieser Tiefe noch andere Risikofaktoren dazu, Stickstoffnarkose, Tiefenrausch also, und so weiter. Aber bleiben wir beim Sauerstoff! Der wird nachgewiesenermaßen ab einem Druck von 1,7 bar toxisch – im kalten Wasser geht's sogar noch schneller, da rechnet man mit 1,4 bar. Und das bedeutet«, verständnisheischend schaute er die anderen an, »ersparen Sie mir bitte im Einzelnen das Umrechnungsmodell, das bedeutet, dass Sie mit reinem Sauerstoff in der Flasche auf eine Tiefe von gerade mal sieben Metern gehen dürften! Die 30 Meter für Taucher mit normaler Pressluft kommen eben deshalb zustande, weil dort der

Sauerstoffanteil nur 21 Prozent beträgt. Und nun kommen wir zum Kern der Sache!«

Es folgte eine winzige Pause, während der jeder Einzelne der Zuhörer von dem Professor mit einem bedeutungsvollen Blick bedacht wurde. »Also: in der Flasche des Verunglückten befand sich zu 100 Prozent reiner Sauerstoff. Das ging gut auf den ersten Metern, das kann gut gehen bei einem Aufenthalt von einigen Minuten in ein paar Metern, das kann auch noch weiter unten unfallfrei abgehen, aber was passiert, wenn sich der Taucher der Zeitbombe nicht bewusst ist, die er auf dem Rücken trägt und das in diesem Fall tödliche Gas ahnungslos weiter einatmet?«

Horst schnappte unwillkürlich nach Luft. Konzentriert versuchte er, den komplizierten Ausführungen zu folgen.

Der Arzt fuhr ohne innezuhalten in seinem Vortrag fort. »Bei einer Tiefe von praktisch 40 Metern – und die hatten Sie ja erreicht«, Horst wurde von einem forschenden Blick gestreift und nickte unglücklich. »Bei dieser Tiefe herrscht ein Sauerstoff-Partialdruck von 5 bar, zum Vergleich: die Sicherheitsmarge, die ich vorher erwähnt habe, liegt bei 1,4 bar. Das heißt, das Risiko einer Sauerstoff-Intoxikation, also einer Sauerstoff-Vergiftung, steigt nicht nur drastisch an, es ist – selbst bei einer Grundzeit von grade mal acht oder neun Minuten – praktisch gar nicht mehr zu vermeiden! Die Vergiftungssymptome äußern sich folgendermaßen: das zentrale Nervensystem wird angegriffen, an den Synapsen, den Verbindungsstellen der Nervenzellen, ereignet sich eine Art Kurzschluss, und dies geschieht wie ein Flächenbrand über den ganzen Körper verstreut!

Das beginnt im subjektiven Gefühl eines Tauchers mit einer merkwürdigen Verengung des Gesichtsfeldes, Schwindelgefühl und Übelkeit. Dann steigert es sich rapide über Muskelzuckungen zu heftigen Krampfanfällen und schließlich Bewusstlosigkeit!«

»Furchtbar!«, murmelte Protnik betroffen. Auch den anderen schien die gerade gehörte Schilderung an die Nieren zu gehen.

»Und daran ist er dann gestorben – unfassbar!« Horst kämpfte mit Tränen, die ihm in die Augen stiegen.

»Nein«, widersprach der Professor energisch. »Das würde ich so nicht sagen. Denken Sie an Ihre Schilderung von vorhin. Sie haben uns erzählt, dass ihr Partner das Mundstück aus dem Mund gespuckt hatte – wahrscheinlich ist ihm übel geworden und er hat sich übergeben müssen – und dann sei er wie eine Rakete hochgeschossen. Er war also offensichtlich doch noch so weit bei Bewusstsein, dass er gemerkt hat: da stimmt etwas nicht mit mir, ich muss so schnell wie möglich hoch an die Oberfläche. Deshalb hat er auch Luft (das heißt in diesem Fall war,s ja Sauerstoff, aber egal!) ins Jacket geblasen. Doch mit ziemlicher Sicherheit hat die Muskelverkrampfung derart schnell und heftig zugenommen, dass er die Finger nicht mehr vom Inflatorschlauch wegbekommen hat. Das belegt ja auch die Tatsache, dass er es auch nicht mehr geschafft hat, das Mundstück nach der Übelkeit wieder in den Mund zu stecken. Für einen gesunden erfahrenen Taucher ist das ja ansonsten überhaupt kein Problem! Also: Durch den Muskelkrampf ist nun in kürzester Zeit eine viel zu hohen Menge Luft ins Jacket geströmt, das wurde dadurch aufgeblasen wie ein Luftballon und Ihr Kollege – Sie haben es ja letztendlich erleben müssen – ist dadurch an die Oberfläche durchgeschossen wie eine Rakete. Was das heißt, das brauche ich Ihnen wohl nicht näher auszumalen, nur so viel: der Herr Grundler war ohnmächtig, hat also mit Sicherheit beim Durchschießen an die Oberfläche nicht mehr bewusst ausgeatmet. Die Luft in seiner Lunge hat sich dadurch geradezu explosionsartig ausgedehnt und zu einem massiven Lungenriss geführt. Das hat die Obduktion im übrigen auch genau so bestätigt!«

Beim Stichwort Obduktion zuckte Horst schmerzlich zusammen. Doch der Vortrag war immer noch nicht fertig.

»So – und dann kommt im Fall des Durchschießens an die Oberfläche noch ein zweiter gravierender Fakt dazu: der im Körpergewebe eingelagerte Stickstoff ist auf einen Schlag freigesetzt worden! Gut – Ihr Partner hat zwar durch die manipulierte Füllung reinen Sauerstoff eingeatmet, also wenig Stickstoff in der Lunge haben können, aber dennoch genug im Körper. Dieser Stickstoff löst sich bekanntlich beim Auftauchen wieder: im Fall eines derartigen raketengleichen Aufstiegs nach oben können Sie mit Fug und Recht davon ausgehen, dass das Blut zu kochen beginnt! Das war ja auch der Grund, weshalb wir Sie nach ihrem in gewisser Weise verständlich schnellen Aufstieg hier im Krankenhaus sofort vorsichtshalber in die Druckkammer befördert haben. Aber als wir den Patienten Grundler in die Klinik bekommen haben, war längst alles zu spät. Die Todesursachen waren vielschichtig: sicherlich die Sauerstoff-Vergiftung, dann der gewaltige

Lungenriss, Erbrochenes in der Luftröhre, der Stickstoffaustritt aus den Körperzellen und zu allem Überfluss auch noch die lange Zeit im auf Dauer kalten Wasser sowie ein schwerer Schock! Ja, meine Herren, das war's von der medizinischen Seite aus«, er schaute wieder auf die Uhr am Handgelenk, »für die kriminalistische Aufklärung sind nun Sie zuständig! Angenehmen Abend noch!« Und damit verließ er die betroffen vor sich hinblickende Runde der vier Polizeibeamten.

Minutenlang sagte keiner ein Wort, dann räusperte sich der Kommissar namens Hofer von der Polizeidirektion aus Konstanz verlegen. Horst blickte auf. »Also, Herr Meyer, jetzt wissen Sie, weshalb wir hier sind!«

Horst nickte nachdenklich. »Aber – was ich absolut nicht verstehe: Sauerstoff-Flaschen sind doch grundsätzlich blau, wie kann denn der Thomas an solch eine Flasche geraten sein?«

Schlotterbeck mischte sich ein und schüttelte energisch den Kopf: »Ist er nicht! Auf gar keinen Fall! Also nochmal: es war ganz eindeutig die Flasche von Herrn Grundler, an der die Pressluft abgelassen und der Sauerstoff hineingefüllt worden ist. Daran gibt es nicht den geringsten Zweifel! Das war eiskalt kalkulierter Mord – und zwar begangen von jemandem, der sich bestens ausgekannt haben muss!«

»Und der auch die Möglichkeit hatte, sich reinen Sauerstoff zu besorgen und noch eine Druckleitung samt Anschlussventil, um den Sauerstoff in die Flasche hineinzupumpen. Beziehungsweise einen Kompressor, falls er die Flasche von Thomas heimlich mitgenommen, sie umgefüllt und danach wieder zurückgestellt hat«, warf Hofer dazwischen.

Forschend blickte er in Horsts Gesicht. »Herr Meyer: ganz offen! Haben Sie auch nur den Hauch einer Ahnung, wer das getan haben könnte und weshalb?«

Horst schüttelte energisch den Kopf, gab ansonsten aber keinen Ton von sich.

Hofer schob die nächste Frage nach: »Wissen Sie aber wenigstens, wo Thomas Grundler seine Flasche gelagert hatte? Wieviel Personen wussten Ihrer Meinung nach, wo er sie deponiert hatte? Und noch etwas: hatte er Sie in der vergangenen Nacht überhaupt zu Hause aufbewahrt, oder hat er sie eventuell am Abend vorher zu Ihnen gebracht?«

Überrascht sah Horst auf. Das war ja eine ganz neue Variante! »Wollen Sie damit etwa andeuten, dass der Anschlag vielleicht gar nicht Thomas, sondern mir hätte gelten sollen?« Entschieden schüttelte er den Kopf. »Nein, tut mir leid, das kann nicht sein!«

Hofer wiegte, nachdenklich dreinschauend, den Kopf. »Nein, andeuten will ich in diesem Fall überhaupt nichts. Und dennoch: Irgendjemand muss hier seine Finger im Spiel gehabt haben!« Forschend sah er Horst an – unruhig wanderten seine Augen dabei von links nach rechts und von rechts nach links. »Herr Meyer – Herr Kollege – noch einmal: was wissen Sie über die Recherchen von Thomas Grundler und über seine dienstlichen Probleme und Schwierigkeiten?«

Aha – daher wehte der Wind! In Horst begannen sämtliche noch vorhandenen Alarmglocken gleichzeitig zu schrillen! Trotz seines angespannten Gesundheitszustandes brach sich der kriminalistische Spürsinn in ihm unaufhaltsam seine Bahn! Vorsicht! Äußerste Vorsicht! Nur ja jetzt nicht irgendeinen Fehler machen und irgendetwas sagen, was du später bitter bereuen wirst! Was war da los? Was wollten sie in Wirklichkeit von ihm wissen? Im kurzen Moment eines Wimpernschlags fühlte er sich gefangen in einem dicht gewobenen Spinnennetz von Intrige,

Lüge und Betrug! Irgendwas war faul im Staate Dänemark! Hamlet? Ja, genau – Shakespeare, Hamlet! Geradezu irrwitzige Gedanken fegten jetzt in Sekundenbruchteilen durch sein angespanntes Gehirn.

Also: sie wollten wissen, auf welchem Kenntnisstand er sich befand – und dann? Was war danach? Auf welche Seite gehörten sie? Was wollten Sie denn von ihm?

»Welche Schwierigkeiten?« Horst gab sich genauso leutselig wie ahnungslos. »Ich weiß von nichts!« Und mein Name ist Hase, setzte er im Stillen in Gedanken für sich hinzu.

»Na kommen Sie, halten Sie uns doch bitte nicht für blöd!«, auch der so jovial wirkende Schlotterbeck vom LKA schien sich an seine Bundeswehreinzelkämpferausbildung zu erinnern. Seine Miene zumindest war mit einem Schlag zu einem einzigen Eisblock gefroren!

Horst spielte weiter den Ahnungslosen (als der er sich im Grund genommen ja auch fühlte!): »Ja, was meinen Sie denn? Dann werden Sie in Gottes Namen doch endlich konkreter, dann kann ich Ihnen auch eine klare Antwort auf eine klare Frage geben!«

Die beiden hatten sich offensichtlich vor dem Besuch im Krankenhaus sorgfältig miteinander abgesprochen. Ein Blick des LKA-Beamten genügte und schon übernahm Hofer wieder die Initiative: »Also ich bitte Sie, Herr Meyer! Sie sind Polizist, wir sind Polizisten! Alle sind wir Polizisten!« Er machte dabei eine ausladende Handbewegung, die selbst noch Protnik mit einbezog, der bisher eingeschüchtert und nachdenklich am Rande des Geschehens auf seinen Einsatz gewartet hatte. »Also«, fuhr der Kommissarskollege aus Konstanz fort, »machen wir uns doch bitte nichts vor, Herr Meyer! Sie wissen es und ich weiß es: Thomas Grundler hatte Schwierigkeiten, massive nachbarschaftliche Schwierigkeiten. Sogar ein Disziplinarverfahren haben die Nachbarn gegen ihn in die Wege geleitet! Die ganzen Eheprobleme lassen wir jetzt wohl besser außer Acht! Sagen Sie bloß, das wissen Sie nicht!«

Überrascht blickte Horst auf: das war es also, worauf die beiden hinauswollten! Entweder dem psychisch gestörten Nachbarn kräftigst an den Karren fahren oder – das schien die zweite Möglichkeit zu sein – einen bestens organisierten Selbstmord anzutäuschen, dem er, Horst, zufällig als nichtsahnender Zeuge hatte zusehen müssen! Er überlegte fieberhaft, welche Antwort auf diese Frage wohl am unverfänglichsten klingen könnte. »Also gut, Kollegen. Das mit dem Ehekrach, das war ja wohl beim besten Willen kein Geheimnis mehr. Und auch die Geschichte mit dem doofen Nachbarn – die kennt Ihr ja besser als unsereiner! Ihr – beziehungsweise Sie«, und damit deutete er mit dem Zeigefinger auf Hofer, »Sie wissen ja schließlich viel besser als ich, was da abgegangen ist!«

Hofer schien noch nicht völlig von der Ahnungslosigkeit seines Gegenübers überzeugt. Dennoch wiegte er zustimmend-abschätzend den Kopf. »Gut – einverstanden! Halten wir also fest: Sie wissen demnach nichts über berufliche Schwierigkeiten.« Forschend fixierte er nach dieser Bemerkung sein Gegenüber. »Richtig oder nicht richtig?!«

Horst nickte. »Richtig! Und außerdem ...« Doch weiter kam er nicht mit seiner Aussage. Sein auf dem Tischchen neben dem Bett liegendes Handy klingelte unüberhörbar und störte – zumindest für den Augenblick – den weiteren Fortgang des Verhörs. Ein Geschenk des Himmels! Hofer zog ärgerlich die Augenbrauen zusammen und runzelte die Stirn.

Doch bevor irgendjemand eingreifen und das Handy womöglich in Beschlag nehmen konnte, hatte Horst es ergriffen und meldete sich mit klarer, lauter Stimme: »Meyer! Grüß Gott – mit wem habe ich das Vergnügen?!«

Die Stimme kam genauso klar und überdies auch noch ziemlich fröhlich zurück: »Na mit wem wohl? Mit deiner dich – warum auch immer – ewig liebenden und genauso reizenden Ehefrau Claudia! Wo steckst du Kerl denn eigentlich? Seit einem geschlagenen lieben langen Tag versuche ich schon, dich zu erreichen?«

Der Tadel, der in Claudias Stimme mitschwang, war ganz eindeutig rein rhetorischer Art. Claudia! Tatsächlich ein Geschenk des Himmels! »Hallo Claudia!« Misstrauisch glotzten die beiden Vernehmungsbeamten in Richtung Handy, als Horst seine Begrüßung in den Hörer hauchte. »Wie geht es dir, mein Schatz?«, flötete er weiter.

Die beiden Polizisten verdrehten die Augen! Sei's drum, sollten die doch grade denken, was Sie wollten.

Claudias ahnungslose Replik kam rasch. »Gut natürlich. Wenn so ein wundervolles freies Wochenende am Bodensee vor einem steht: das Wetter soll ja toll werden, der See dürfte einigermaßen erträgliche Temperaturen haben, na ja!– Ich freue mich auf jeden Fall schon riesig darauf – genauso wie die Kinder sich auf die Oma freuen! Ich habe gedacht, ich sag dir heute schon, dass ich morgen einen früheren Zug nehmen kann. Ich habe nämlich jetzt doch keinen Mittagsdienst mehr, das heißt, ich könnte den Zug von Heilbronn nach Stuttgart um 12 Uhr 45 nehmen, den müsste ich eigentlich schaffen. Dann wäre ich um 13 Uhr 30 ungefähr in Stuttgart und könnte dann um 13 Uhr 40 weiterfahren Richtung Singen. Und von dort ist's ja eh bloß noch ein Klacks! Also: ich such die Verbindungen nochmal ganz genau heraus, aber ich denke, so gegen halb drei könntest du mich am Überlinger Bahnhof abholen – falls du mich noch haben willst!«, fügte sie kokett hinzu. »Aber wie auch immer: sag, wie geht's dir eigentlich?«

Oh je! Wenn Claudia wüsste! Glücklicherweise hatte auch Protnik den Rand gehalten und Claudia gegenüber keinen Ton von der ganzen Malaise verlauten lassen! Andererseits: wie brachte er das alles – einigermaßen eheverträglich – wieder auf die Reihe? Wie sollte er seiner Frau erklären, dass er da zwei Tage im Überlinger Krankenhaus hatte zubringen müssen, weil er beim Tauchen im Bodensee verunglückt war – bei einem Tauchgang, auf dem sein Freund und Partner ums Leben gekommen, ermordet worden war?!

»Ach, mir geht es einfach blendend«, flötete er ins Telefon, was ihm natürlich irritierte Blicke der drei anderen im Krankenzimmer einbrachte. Wahrscheinlich überlegten die jetzt, ob er beim raschen Auftauchen an die Oberfläche nicht doch irgendwie psychisch durchgeknallt war – alle drei, selbst Protnik: das konnte er ihren Gesichtern deutlich ansehen. »Der Tauchgang war soweit ganz O.K.!« Wieder konsternierte Mienen der anderen! »Aber am besten, ich erzähle dir alles, wenn du dann endlich da bist!«

»Alles klar, so machen wir's!« Claudia schien – dank

der Vorfreude auf das verlängerte Wochenende zu zweit am Bodensee – bester Laune. »Gut, dann holst du mich also um halb drei am Bahnhof in Überlingen ab! Einverstanden?«

Horst nickte am Telefon: »Alles roger – genauso machen wir's! Also dann bis morgen! Tschüss – und viele Grüße an die Kinder!« Zufrieden lächelnd legte er auf und ließ sich entspannt in das Kissen zurücksinken. Für einen Moment schloss er die Augen. Dann begann er, sich auf den Fortgang des Gespräches zu konzentrieren. Eigentlich gar nicht so schlecht, dass die Ärzte ihn dazu verdonnert hatten, noch ein paar Tage zur Beobachtung im Krankenhaus zu bleiben, denn als Kranker genoss man bei einem solchen Verhör zumindest das Privileg der erschöpften Pause, die man einem Menschen in seiner Situation einfach zugestehen musste.

Als er die Augen wieder öffnete, sah er die Ungeduld in den Gesichtern der beiden anderen. Doch ganz offensichtlich hatten sie für sich beschlossen, die Situation nicht mit einer zu frühen Fortsetzung ihrer Diskussion zu verschärfen. Protnik dagegen hielt sich weiter im Hintergrund und blinzelte Horst verstohlen mit einem Zwinkern des rechten Augenlides zu.

»Gut, meine Herren! Wir können wieder!« Mit neuer Energie versehen blickte er die beiden Polizisten entschlossen an. »Also, ich fasse zusammen: Eheprobleme, Nachbarschaftsstreit, Disziplinarverfahren. Sie tippen mit anderen Worten auf Selbstmord! Sehe ich das richtig?«

Hofer wiegte bedächtig den Kopf: »Wie sollen wir es denn sonst sehen? Also, an die Geschichte von der von irgendeinem mysteriösen Dritten manipulierten Pressluftflasche glaubt in Wirklichkeit doch nur der Doktor, oder? Es sei denn«, und damit fixierte er Horst mit strengem Blick, »es sei denn, Sie hätten etwas mit der Manipulation zu tun! Sie wären ruck-zuck sozusagen unser Hauptverdächtiger!«

In diesem Moment explodierte Protnik! »Also das ist doch ...! Das ist ja wohl das Hinterletzte, was ich jemals gehört habe! Sie sprechen hier von einem Kollegen! Für den lege ich meine Hand ins Feuer!« Protniks Gesicht war hochrot angelaufen. Außer sich vor Empörung schnaubte er wütend und glotzte Hofer missbilligend an.

»Ist ja schon gut!«, wehrte der mit erhobenen Händen beschwichtigend ab. »Ich meine ja nur ... Schließlich wissen Sie ebenso gut wie wir, dass wir alle Möglichkeiten durchgehen müssen, zumindest rein theoretisch!«

Protnik war immer noch auf hundertachtzig. »Rein theoretisch! Ich bin Praktiker und wie gesagt, ich kenne den Kollegen seit Jahren sozusagen in- und auswendig!«

»Aber wir nicht, Herr Protnik!«, schaltete sich nun Schlotterbeck mit einer scharfen Erwiderung in den Disput ein. »Und deshalb lassen Sie uns bitte in aller Ruhe unsere Arbeit erledigen, einverstanden?« Er musterte den Ulmer Kollegen streng, bevor er sich zu Horst herumdrehte. »Also, Herr Meyer! Natürlich wollen wir Sie da in nichts hineinreiten, ganz im Gegenteil, aber dennoch stelle ich Ihnen jetzt noch einmal dieselbe Frage wie vorher, als wir unterbrochen worden sind: war das alles, was Sie uns zu sagen haben? War da sonst nichts mehr, rein gar nichts?« Wie der Fuchs vor dem Kaninchenstall, schoss es

Horst durch den Kopf! Dieser lauernde Blick, diese knisternde Atmosphäre mit einemmal: war das noch derselbe Beamte, der vorher noch so jovial gelächelt hatte?

Horst schüttelte stumm den Kopf.

Doch bevor Schlotterbeck zu einer weiteren Frage ansetzen konnte, mischte sich nun wieder Hofer in die Diskussion ein: »Also keine Andeutungen über dienstliche Probleme, irgendwelche Ermittlungen, bei denen der Herr Grundler eventuell nicht so recht vorangekommen ist, irgendwelche Namen, Verdächtigungen oder so etwas? Da spricht man doch abends beim Bier schon mal darüber, oder?« Aufmunternd zwinkerte er Horst zu.

Doch der schüttelte neuerlich den Kopf, obwohl hinter seiner Stirn ein ganzes Dutzend Alarmglocken auf einmal schrillten. »Wir haben Wein getrunken, Weißherbst, wenn Sie's genau wissen wollen!«

Genervt grunzte Hofer. »Nein, will ich nicht!«, und fuhr verärgert fort: »Also, ich rekapituliere: mit Ausnahme der bereits erwähnten – privaten – Schwierigkeiten gab es nichts, was auf ein Tatmotiv und somit auf die Manipulationen eines Dritten hinweisen könnte? Rein gar nichts? Richtig oder falsch?«

Horst hatte begriffen: die wollten auf Selbstmord hinaus und den unangenehmen Fall so schnell wie möglich zu den Akten legen! So gingen die also mit dem Tod eines Kollegen um: unfassbar! Es sei denn ... Aber diese These vertrug das Atmen nicht, die musste er hinterher sorgfältig mit Protnik angehen. Jetzt ging es erst mal darum, die beiden Typen vor ihm schnellstmöglich loszuwerden! Er nickte entschieden: »Genauso ist es! Keine weiteren Probleme, nur ein ganzer Haufen von privaten Schwierigkeiten, von denen Thomas allmählich erdrückt worden ist, richtig!«

Misstrauisch fixierte ihn Schlotterbeck. »Sie sind sich ganz sicher? Sie bleiben bei dieser Aussage?«

Noch einmal nickte Horst – aus den Augenwinkeln konnte er die verblüffte Miene von Protnik erkennen – aber dem konnte er später alles erklären. »Richtig!«

»Gut! Dann ist die Vernehmung hiermit beendet!« Schlotterbeck sprang auf und drückte auf die Stopp-Taste seines Diktiergerätes.

Auch Hofer machte eine abschließende Handbewegung. »Dann sind wir vorerst fertig miteinander! Vielen Dank und weiterhin gute Besserung!« Damit wandte er sich um und öffnete die Tür des Krankenzimmers.

»Wiedersehen!« Schlotterbeck versuchte die Andeutung eines Lächelns. »Und passen Sie auf, mit wem Sie das nächste Mal Tauchen gehen!« Damit folgte er Hofer nach und schloss hinter sich die Tür.

»Arschloch!«, stieß Horst hervor, kaum dass die beiden verschwunden waren. »Was glauben die eigentlich, wer sie sind?!«

Protnik zog sich den Stuhl in die Nähe von Horsts Nachttisch. Missbilligend zog er die Stirn in Falten. »Na, du hast es denen ja auch einfach genug gemacht! Sag mal«, und damit blickte er seinem Gegenüber forschend in die Augen, »bist du eigentlich tatsächlich von dem Selbstmordquatsch überzeugt, den die zwei da abgeseiert haben?!«

Horst schnaubte verächtlich. »Glaubst du doch selber nicht! Außerdem: da wüsste ich als Polizist aber schnellere und effektivere Methoden, um mich um die Ecke zu bringen, als ausgerechnet mit Sauerstoff in einer Pressluftflasche!« Er schlug sich mit der Hand an die Stirn. »Das ist doch völlig idiotisch!«

Protnik schüttelte den Kopf: »Ja, aber wenn du das mit dem Selbstmord nicht glaubst, wieso hast du denen dann plötzlich überhaupt nicht mehr widersprochen?« Nachdenklich fixierte er Horst. »Oder gibt es da etwas, was ich noch nicht weiß und was du den beiden Superbullen nicht hast auf die Nase binden wollen?« Plötzlich war die Spannung in dem kleinen Zimmer mit den Händen greifbar.

Der so Angesprochene nickte heftig. Gleichzeitig legte er den Zeigefinger auf die Lippen und deutete anschließend bedeutungsvoll im Raum umher. Protnik schien eine Sekunde lang erstaunt, dann verstand er, zuckte die Achseln und nickte ebenfalls. Vielleicht hast du ja recht, sollte das heißen. Horst war sich nämlich in der Zwischenzeit überhaupt nicht mehr sicher: vielleicht litt er ja unter Verfolgungswahn, gut möglich! Aber was, wenn doch irgendwo eine Wanze in seinem Zimmer angebracht worden war? Was, wenn der schreckliche Verdacht, der in ihm innerhalb der letzten Stunde aufgekeimt war, doch zutraf und seine Protnik gegenüber laut geäußerte Vermutung abgehört und an die falschen Stellen weitergeleitet würde? Die Gedanken rasten in seinem Kopf! Wem konnte man eigentlich überhaupt noch trauen, war er umgeben von Verrat und Betrug? Hatte auch er sich schon in dem Spinnennetz verstrickt, in dessen Fäden Thomas Grundler seiner Meinung nach längst gefangen gewesen war, als vorgestern dann das schlimme Unglück passiert war?

Also, eines auf jeden Fall war klar: irgendwie musste er raus aus diesem Zimmer, und zwar so schnell wie möglich! »Protnik, komm!«, sagte er und schlug die Bettdecke zurück. »Schau mal nach, ob du in dem Schrank da drüben meine Kleider findest. Die wollten sie eigentlich gestern Abend noch aus dem Wohnwagen holen.«

Verständnislos glotzte Protnik ihn an. »Ja und dann?«

»Dann geht's auf und davon, das verspreche ich dir!«

»Aber du bist doch krank! Du sollst doch noch ein paar Tage zur Beobachtung hierbleiben!«

»Ich bin topfit und kerngesund! Außerdem sterben im Bett die meisten Leute, also komm, lass uns abhauen!« Und damit schwang er sich mit einer energischen Bewegung aus dem Bett und stand – zum erstenmal seit zwei Tagen wieder – auf seinen Füßen. Im selben Moment durchlief Horst ein wellenartiges Schwindelgefühl, als ob der Boden unter seinen Füßen davonschwimmen würde. Gerade noch schaffte er es, sich mit dem Arm am Nachttisch abzustützen und sich mit der anderen Hand daran festzuklammern. Vorsichtig schielte er in Protniks Richtung hinüber. Nein, der hatte glücklicherweise nichts von seinem Schwächeanfall mitbekommen, der war voll und ganz mit dem Kleiderschrank beschäftigt, in dem er Horsts Sachen zusammensuchte. Also: dann brauchte er es dem Kollegen auch gar nicht erst auf die Nase zu binden! Das war sicher ganz normal, wenn man zwei Tage lang nur im Bett gelegen hatte, das würde schon vorübergehen. Und außerdem: verdammt noch mal, er hatte Urlaub und er dachte nicht im Traum daran, den im Krankenhaus zu verbringen!

»Na, das hätten wir geschafft!« Aufatmend ließ sich Protnik auf den Fahrersitz seines Wagens fallen. »Du meine Güte, da kommt man sich vor wie ein Ausbrecher aus dem Gefängnis! Und das als Polizeibeamter! Einfach unglaublich, was man mit dir so alles erlebt!« Kopfschüttelnd betrachtete er seinen Kollegen, der sichtlich angestrengt nach Luft schnappte und sich nur ganz allmählich von ihrer raschen Flucht aus dem Krankenhaus erholte.

Schweiß rann über Horsts Stirn und einen Augenblick lang zweifelte er daran, ob sein Entschluss, dem Krankenhaus den Rücken zu kehren, tatsächlich klug gewesen war. Doch es war jetzt keine Zeit, sich gehen zu lassen! Entschlossen setzte er sich auf, reckte das Kinn in die Höhe und schaute Protnik herausfordernd an. »Also Kollege, jetzt gilt's! Komm, fahr los!«

Protnik atmete tief durch, um nicht aus der Haut zu fahren. »Aber wohin denn bloß? Einfach starten und ins Blaue fahren ist ja wohl auch nicht der wahre Jakob!«

Bevor Horst zu einer Erwiderung ansetzen konnte, klopfte es zaghaft an der Scheibe der Beifahrerseite. Überrascht sah Horst auf und blickte einem schätzungsweise 30-jährigen, mit abgewetzter Jeans und T-Shirt bekleideten dicklichen Mann in die Augen, um dessen Hals ein Fotoapparat baumelte. Dieser nickte verlegen und beschrieb anschließend mit der Linken eine eindeutige Handbewegung: Horst sollte das Fenster des Wagens herunterkurbeln.

»Was ist denn das schon wieder?«, knurrte er ungehalten, während er der Aufforderung des Fremden Folge leistete.

»Siehst du, jetzt haben sie uns am Wickel! Das kann ja lustig werden!« Protnik machte wieder einmal auf pessimistisch!

»Quatsch mit Soße! Selbst wenn: ich bin schließlich mein eigener Herr und kann aus dem Krankenhaus raus, wenn ich das für richtig halte, oder?« Er streckte den Kopf aus dem Autofenster und raunzte ungnädig: »Ja, was gibt's?«

Verschämt senkte der Störenfried den Blick, während seine Finger nervös am Halsband des Fotoapparates herumnestelten. »Entschuldigen Sie bitte vielmals! Aber sind Sie nicht der Polizist, der da vorgestern beim Tauchen verunglückt ist?«

Horst glaubte, er werde von einer Keule getroffen! »Verdammt! Woher wissen denn Sie das eigentlich?!«

Ein rascher Stoß von Protnik in die Seite, gefolgt von einem warnenden Blick, doch es war schon zu spät: ein triumphierendes Grinsen zog sich über das breite Gesicht an der Beifahrertür. »Na ja, wozu ist man denn schließlich Journalist ...«

Verfluchter Mist: auch das noch! Jetzt hatten sie ihn in ihren Klauen. Horst konnte sich die Schlagzeile am nächsten Tag schon vorstellen: »Kommissar flieht aus Krankenhaus!«, um noch die mildeste Version zu wählen. Es konnte aber auch noch schlimmer kommen: »Wahnsinnstaucher drehte durch!« oder so ähnlich.

Einen – wenn auch verspäteten - Verschleierungsversuch wollte er aber schon noch unternehmen: »Und wie wollen Sie das herausgefunden haben!«

Der Bursche ließ sich nicht mehr abwimmeln! Mit einer gehörigen Portion Stolz in der Stimme offenbarte er seine Vorgehensweise. »Na ja, ich habe mich schon eine ganze Zeitlang am Krankenhaus aufgehalten. Und irgendwann war ja klar, dass Sie herauskommen würden. Da waren vorher die drei Kollegen bei Ihnen: so ein Polizeifahrzeug, mit FR-Kennzeichen, mit dem Fahrer in Uniform und zwei Männern in Zivil, das fällt halt auf! Außerdem sind wir hier in Überlingen im Kreis Friedrichshafen und unsere Polizei hat auf dem Nummernschild grundsätzlich TÜ für die Landespolizeidirektion Tübingen stehen! Damit war mir schon einmal klar, dass hier Kollegen von dem verunglückten Kommissar aus Konstanz die Ermittlungen aufgenommen hatten und dass also nun Sie persönlich vernommen werden sollten. Und nachdem das Gespräch dann ja über eine Stunde gedauert hat, war mir auch klar, dass Sie wieder einigermaßen hergestellt waren!«

Anerkennend stieß Protnik einen Pfiff aus. »Donnerwetter! Gute Kombinationsgabe! An Ihnen ist ja glatt ein Polizeibeamter verloren gegangen!«

Ein missbilligender Blick von Horst stoppte die Lobeshymne. »Ja und – wie weiter? Woher wollen Sie denn wissen, ob ich auch wirklich ich bin?«

Wieder lächelte der Zeitungsmann milde. »Das war dann gar nicht mehr so schwer. Ich habe ja in der Zwischenzeit herausgekriegt, dass ein Kommissar aus Ulm den Notruf abgesetzt hat, als Sie beim Tauchen verunglückt sind …«

»Mein lieber Schwan!«, murmelte Protnik. Es war immer dasselbe mit den Zeitungsleuten. Die hatten Informationen, die ihnen nur direkt von der Polizei gesteckt worden sein konnten, aber wenn man im Kreis der lieben Kollegen herumfragte, war es natürlich nie einer gewesen! Im Gegenteil, meist erntete der Frager dann auch noch einen empörten Blick und eine beleidigte Miene.

»Na ja«, Horst wartete gespannt auf den letzten Rest der Schlussfolgerung, »dann stand da seit ungefähr zwei Stunden auf dem Parkplatz ein Auto – das einzige übrigens – mit Ulmer Kennzeichen! Und nachdem die drei Polizeikollegen von Ihnen wieder abgefahren sind, hab ich mir halt gedacht: wartest du noch ein Weilchen, dann wird ja vielleicht der Kommissar aus Ulm an seinen Wagen zurückkommen und mir vielleicht ein paar Fragen beantworten.« Der Super-Rechercheur lächelte verlegen: »Na ja, und dann sind Sie beide gleich zusammen herausgekommen.« Er deutete auf Horst: »Na ja – und als ich Sie gesehen habe: ein bisschen klapperig halt noch, da hab ich kombiniert, dass Sie es sein könnten! Bingo! Nicht wahr?« Wieder zog sich ein breites Grinsen über das Vollmondgesicht des Zeitungsredakteurs.

»Klar, dass es sich bei mir um mich selbst handeln muss!« Horst war wütend, weil er nicht die mindeste Lust verspürte, ausgerechnet jetzt noch irgendwelche Statements für die Zeitung abzugeben. »Und jetzt – was jetzt?«

»Na ja«, der Zeitungsmann fingerte eine Visitenkarte aus seiner Gesäßtasche. »Hier ist übrigens meine Karte! Bitte schön! Jetzt hab ich mir gedacht, Sie könnten mir doch ein paar Fragen für meinen Artikel beantworten!«

Horst nahm die Visitenkarte und warf einen mürrischen Blick darauf. »Alex Winter, freier Journalist, Seekurier« stand da zu lesen. »Aha – und dann auch noch ein freier!«, das waren seiner Meinung nach die schlimmsten, denn die arbeiteten auf Honorarbasis. Und Honorar gab es ja bekanntlich erst, wenn der Artikel abgedruckt wurde und abgedruckt wurde er natürlich nur dann, wenn er dem zuständigen Redakteur an seinem Schreibtisch auch interessant genug erschien. Und deshalb unternahmen die Freien alles, um die Artikel so interessant wie möglich aussehen zu lassen! Oft genug hatte Horst zu seinem Leidwesen erfahren müssen, wie geduldig Papier doch war und mit wie viel Fantasie so mancher Schreiber eine an sich ganz und gar trockene Materie aufgepeppt hatte. Seine Begeisterung über die unerwartete Begegnung hielt sich demnach in engsten Grenzen.

»Na ja«, der Reporter zuckte die Achseln. »Sie wissen ja, wie das heute so ist! Grade die kleinen Verlage sparen, wo sie nur können: leider vor allen Dingen an den Mitarbeitern! Und wenn sie einen als freien beschäftigen, dann fallen für sie keine Sozialkosten an, man hat keinen Kündigungsschutz, ist also pflegeleichter, geht auf jeden Termin, selbst noch nachts um zwölf, bei Wind und Wetter, und so weiter und so weiter ...« Energisch zückte er nun den Kugelschreiber, den er am Kragen seines T-Shirts festgemacht hatte und kramte ein zerknittertes Stück Papier hervor. »Also dann, Herr Meyer so heißen Sie doch?« Dabei warf er einen forschenden Blick in den Wagen.

Der wusste ja alles! Also das musste man dem Kerl lassen: informiert war der, Donnerwetter. Horst nickte schicksalsergeben. »Aber wenn Sie ja sowieso schon alles wissen, was wollen Sie mich dann eigentlich noch fragen?«

Winter lächelte leise. »Zum Beispiel was Sie von der Tatsache halten, dass Ihr Kollege Selbstmord verübt und damit dann beinahe noch Sie selbst umgebracht hätte!«

Protnik zog scharf die Luft ein. Horst glaubte, nicht richtig gehört zu haben! »Was haben Sie da gesagt? Selbstmord? Wie kommen Sie denn auf den Blödsinn?!«, polterte er los.

Der Journalist blieb gelassen. »Na ja, wo doch ihre Kollegen da ganz eindeutig zu dem Schluss gekommen sind ...«

Horst schnaubte wütend. »Die Kollegen, dass ich nicht lache! Die wollen doch nur so schnell wie möglich den Deckel auf die Kiste machen und Ruhe im Karton haben!«

Forschend beugte sich Winter herunter. »Und Sie nicht?«

Bevor Horst antworten konnte, erhielt er einen neuerlichen Hieb in die Seite. Protnik ergriff nun die Initiative. »Nein, wir nicht! Aber jetzt ist wirklich erst mal genug, Sie sehen doch, dass mein Kollege absolut noch nicht die Kraft hat, in ein Kreuzverhör genommen zu werden! Schluss für heute!« Entschlossen drehte er den Zündschlüssel und startete den Wagen. Horst atmete tief durch: Protnik hatte recht: er fühlte sich mit einemmal wieder hundeelend und schlapp wie ein Waschlappen an der Wäscheleine. Es reichte für heute wirklich!

Winter sah seine Felle ganz offensichtlich davonschwimmen. Er streckte den linken Arm durch das geöffnete Fenster auf der Beifahrertür und spreizte die Finger weit ab. »Einen Moment noch – bitte!«

Protnik musterte ihn finster, löste aber die Handbremse nicht. »Also – was ist noch?«

»Ich habe Thomas Grundler ganz gut gekannt. Wir haben sogar im einen oder anderen Fall bestens zusammengearbeitet und ein bisschen Ping-Pong gespielt. Er hat mir in Fällen, in denen er intern nicht weitergekommen ist, die eine oder andere Sache gesteckt, und dann, wenn ich sie öffentlich gemacht habe, dann war der Teufel los und Thomas konnte zuschlagen. Sie haben ihn zwar immer wieder in Verdacht gehabt, dass er die undichte Stelle war, aber beweisen haben sie es ihm nie können!« Die Worte sprudelten nur so aus dem Mund des Journalisten heraus.

Horst versetzte Protnik einen Stoß mit dem Ellbogen und deutete anschließend auf den Anlasser. Protnik verstand sofort, machte den Motor wieder aus.

Winter war noch nicht fertig. »Ja und ich weiß ganz genau, dass er diesesmal wieder an so einer Sache dran war, an einer riesen Umweltsauerei! Doch, das stimmt, dafür lege ich meine Hand ins Feuer«, schob er nach, als er die überraschten Blicke der beiden Kollegen bemerkte.

»Wir waren wirklich gute Bekannte und haben einander vertraut, das können Sie mir glauben. Er hat mir sogar gesagt, dass er diese Woche an der »Jura« tauchen würde, weil ein guter Freund von ihm ein paar Tage Urlaub hier am Bodensee machen würde. Das alles habe ich gewusst. Ich habe auch mitbekommen, dass ihn diese neue Geschichte furchtbar geschlaucht hat! Aber jedesmal, wenn ich versucht habe, etwas von ihm herauszukriegen, hat er zugemacht und gemeint, diesesmal müsse er aufpassen wie ein Luchs. Und er wolle mich nicht in ein Ding hineinziehen, das plötzlich hochgehen könne wie eine Rakete! Nur – «, sorgenvoll hob er die Augenbrauen, »was es war, das hat er mir nicht verraten. Ich weiß nur so viel, dass es um irgendwelche Schweinereien in verschiedenen Baggerseen ging. Und dass da die ganze Prominenz die Finger mit drin hatte. Vermutlich ist da auch die Kiesmafia mit im Spiel und die ist ja bekanntermaßen brandgefährlich und verfügt über die besten Verbindungen in der Kreis- und in der Landespolitik. Er hat nicht mal mehr in der Polizeidirektion irgend jemandem getraut. Und eben deshalb«, er hieb mit der flachen Hand auf den Fensterrahmen, »deshalb glaube ich nie und nimmer, dass Ihr Kollege Thomas Grundler Selbstmord begangen hat!« Damit richtete er sich wieder auf und starrte in die Ferne.

Überrascht sahen sich Protnik und Horst in die Augen. Das hätten sie hinter Alex Winter nicht vermutet! Es war offensichtlich, dass der nicht Versteck mit ihnen spielte. Auch er war so, wie es aussah, an einer sauberen Aufklärung des mysteriösen Unfalls interessiert und würde mit Sicherheit auch auf eigene Faust weiter recherchieren, wenn sie es nicht gemeinsam taten. »Puhh!« Horst stöhnte vernehmlich. »Ich glaube Ihnen, ehrlich! Aber jetzt weiß ich so langsam überhaupt nicht mehr, woran ich eigentlich bin. Das wird ja alles immer mysteriöser!«

Winter nickte. »Ich sag's ja: da ist eine Riesenschweinerei im Gange!«

»Und wie, glauben Sie, können wir an die Fakten kommen?« Protnik hatte sich interessiert in Richtung Beifahrertür gebeugt.

Ein bitterer Zug spielte um Winters Mundwinkel. »Wenn ich das nur schon wüsste! Glauben Sie mir, ich hätte die Strippenzieher dann schon längst öffentlich an die Wand genagelt! Aber ich glaube, alleine komme ich da nie auf den Punkt – auch wenn ich alle Register ziehe, die ich ziehen kann! Trotzdem: zu dritt hätten wir mehr Chancen!«

Horst nickte. »O.K., abgemacht. Überredet! Aber glauben Sie mir, wenn ich jetzt nicht ein paar Stunden abschalten kann, dann klappe ich zusammen! Mir schwirrt der Kopf wie ein Wespennest – ich muss jetzt erst mal mit mir und meinen Gedanken ins Reine kommen. Lassen Sie uns einfach 24 Stunden Zeit, und dann treffen wir uns und besprechen, wie es weitergehen kann! Dann hat sich jeder in der Zwischenzeit vielleicht eine Strategie überlegen können. Schließlich besteht ja kein Grund zur Hektik, denn lebendig machen können wir Thomas ja sowieso nicht mehr«, setzte er bitter hinzu.

Winter war einverstanden. »Sie haben Recht! Machen wir's so! Und wo treffen wir uns dann am besten?« Er überlegte einen kurzen Augenblick lang. »Wie wäre es beispielsweise mit dem Aussichtsturm Hohenbodmann bei Owingen, da sind wir mit Sicherheit ganz ungestört und haben gleich noch eine wunderschöne Sicht auf das ganze Hinterland. Bringt ja vielleicht auch was! Kennen Sie den Turm?«

Horst nickte.

»Also – was halten Sie von morgen Mittag, sagen wir 13 Uhr?«

Horst überlegte kurz: wenn sie um 13 Uhr zusammenkamen, dann müssten sie mit dem Wesentlichen schätzungsweise in einer Stunde durch sein. Dann würde es für ihn noch reichen, um 14 Uhr 30 Claudia wie versprochen vom Bahnhof in Überlingen abzuholen. Und notfalls konnte er dann ja nochmal zu ihrem Treffen zurückfahren. »Abgemacht! Morgen um 13 Uhr am Aussichtsturm bei Owingen!« Er streckte den Arm durch das Fenster und besiegelte die Abmachung mit einem kräftigen Händedruck. »Alles klar, also dann bis morgen! Aber bitte: unternehmen Sie bis dahin nichts auf eigene Faust! Die Sache ist – wenn wir Recht haben – viel zu heikel, als dass man sich überstürzt irgend einer Gefahr aussetzen sollte! Versprochen?«

Winter nickte zustimmend. »Versprochen! Also dann, bis morgen!« Damit drehte er sich um und schwang sich auf sein am Rand des Parkplatzes abgestelltes Fahrrad.

Horst schloss für einen Moment die Augen und drückte sich kräftig mit dem Rücken gegen die Lehne des Beifahrersitzes. »So, Michael – und jetzt aber Vollgas! Jetzt brauch ich wirklich erst mal ein paar Stunden Ruhe! Weißt du was?« Mit dieser Frage drehte er sich zu Protnik hinüber. »Der Wohnwagen ist mir jetzt viel zu unbequem – ich habe da eine viel bessere Idee!«

»Und die wäre?«

»Ich fahr mit dir zurück auf den Wildenstein – so weit ist das schließlich nicht, da kann ich dann wenigstens richtig abschalten. Und morgen Mittag sind wir ja sowieso wieder zusammen. Was hältst du von meinem Vorschlag?« Neugierig schaute er Protnik in die Augen.

»Wäre so oder so gar nicht anders gegangen«, brummelte der. »Glaubst du etwa, ich hätte dich heute

Nacht allein in dieser verrosteten Schüssel übernachten lassen – in deinem Zustand! Von wegen! Also dann: auf zum Wildenstein!« Damit drückte er kräftig auf das Gaspedal.

»Ehrlich gesagt, ich freu mich richtig darauf, mal wieder dort oben zu sein! Dann trinken wir zusammen in der Burgschenke noch ein Viertele und fügen die Fakten, die wir bisher haben, noch einmal ganz genau zusammen. Ich bin ja gespannt, ob der Winter bis morgen nicht doch noch irgend etwas Überraschendes anschleppt!«

Was am nächsten Tag auf sie zukommen würde, konnte noch keiner ahnen ...

Mittlerweile waren sie auf der Hochfläche des Heubergs angekommen. Dort, in gut und gerne 800 Meter Meereshöhe, in dieser kargen-rauen Landschaft, die Horst bei so manchem Besuch in den vergangenen Jahren richtig ins Herz geschlossen hatte, wehte immer ein frisches Lüftchen. »Schade, dass hier kein Wein wächst«, seufzte er, nachdem er die Augen aufgeschlagen hatte. Den ersten Teil der Fahrt hatte er selig geschlafen – kein Wunder nach den Strapazen der vergangenen Tage.

A propos Wein. »Sag mal, Sputnik, was hat der Jürgen denn für einen Wein in seiner Burgschenke? Immer noch den lieblichen Trollinger oder hat er mittlerweile dazugelernt?« Mit Schaudern erinnerte sich Horst an so manchen elenden Morgen nach einem der langen Abende auf dem Wildenstein. Wie oft hatte er sich damals schon geschworen, nie wieder einen Tropfen Alkohol in der dortigen Burgschenke zu sich zu nehmen, und wie viele fruchtlose Diskussionen über dieses Thema hatte er schon mit dem Jugendherbergsvater, der nebenher auch die Schenke betrieb, hinter sich gebracht. Allesamt bisher vergeblich, kein Wunder, nachdem ihn der Herbergsvater regelmäßig darüber in Kenntnis setzte, dass er noch nie ein begeisterter Weintrinker gewesen sei und einige Tassen frisch gebrühten Tee am Abend sowieso viel gesünder seien.

Protnik guckte ratlos. »Weiß ich nicht! Ich hab da die letzten beiden Abende immer auswärts gegessen und bis ich zurück war, hatte die Burgschenke bereits geschlossen. Da hab ich mir halt noch eine Flasche Mineralwasser aus dem Automaten gezogen und bin dann ins Bett gegangen.«

»Na komm«, Horst stupfte seinen Kollegen aufmunternd an. »Dann mach noch einen kleinen Schlenker über Meßkirch. Da kenne ich einen Laden, der hat einen guten trockenen Lemberger. Zwar zu einem horrenden Preis, aber immerhin! Und außerdem, Meßkirch ist ein interessantes Städtchen! Warst du jemals in Meßkirch?«

Protnik schüttelte erwartungsgemäß den Kopf. Im selben Moment vernahm Horst einen derben Fluch und unmittelbar danach wurde sein Oberkörper mit einem gewaltigen Ruck nach vorne in Richtung Windschutzscheibe geschleudert. Gleichzeitig drang ein hässliches Quietschen der Autoreifen an sein Ohr. Nur der Sicherheitsgurt hatte verhindert, dass Horst (und Protnik genauso) durch die Windschutzscheibe geflogen waren!

Wütend hieb Protnik auf das Lenkrad. »Da – guck dir den Deppen da vorne an. Was macht der auch eine Vollbremsung, wo er doch ganz klar Vorfahrt hat. Der fährt, als wäre er stockbesoffen!« Damit deutete er auf einen weiß lackierten Kastenwagen, der dicht vor ihnen auf der Bundesstraße eine Vollbremsung vollzogen hatte.

»Na mach schon, sonst steige ich aus und polier dir die Fresse, du Vollidiot!« Protnik war noch immer außer sich. »Ich hab keine Lust zu warten, bis mir von hinten einer reindonnert!«

Der Auspuff des Vordermanns spuckte stotternd eine Wolke dicken schwarzen Qualms aus. »Jetzt hat der auch noch seinen Motor abgewürgt! Unglaublich! Ich frag mich nur«, und damit wies er mit dem ausgestreckten Arm auf die Wand aus dunklem Nebel, durch die der weiße Transporter fast nicht mehr zu erkennen war. »Wer ist hier eigentlich für den TÜV zuständig? Wieso gibt es überhaupt Abgasuntersuchungen, wenn solche Stinker die Straßen verpesten dürfen?«

Horst nickte und massierte sich die rechte Schulter in der Höhe, in der er vom Sicherheitsgurt zurückgehalten worden war, der sich wie ein Stahlband vor seinen Körper gespannt hatte. »Aber sag mal, der hat uns doch vorher schon zweimal überholt, oder täusche ich mich?«

»Richtig, sag ich ja: der muss besoffen sein!« Böse starrte Protnik auf den weißen Transit, der sich nun wieder in Bewegung setzte. »Da – schau mal, wie der jetzt davonprescht! Einfach unglaublich! Aber diese Typen mit ihren Lieferwägen und den viel zu starken Motoren, die hab ich eh gefressen! Die fahren immer wie die Gehirnamputierten! Da geht's um Sekunden!« Kopfschüttelnd gab auch Protnik Gas. »Der ist wirklich die ganze Strecke über wie eine Klette an uns gehangen, dann hat er überholt, an den unmöglichsten Stellen, plötzlich ist er wieder hinter uns, jetzt vor uns – und dann diese Vollbremsung! Hoffentlich war das die letzte Begegnung, sonst setzt's aber was!«

»Eigentlich sollte man den anzeigen, so wie der den Straßen-Rambo spielt«, warf Horst ein. »Hast du dir eigentlich die Nummer gemerkt?«

Protnik verneinte. »Hab ich ehrlich gesagt nicht daran gedacht. Blöd von mir! Du hast recht. Aber ich weiß nur, dass das ein KN-Kennzeichen war, also von irgendwo aus dem Kreis Konstanz!«

Horst seufzte: »Also, das wär's dann wohl! Was glaubst du, wie viele von diesen weißen Möbelschränken im Kreis Konstanz gemeldet sind!! Na ja, dann hat der Kerl eben noch mal Glück gehabt! Aber jetzt«, damit wandte er sich dem Fahrer zu: »Machen wir jetzt einen kleinen Abstecher nach Meßkirch, was meinst du – wie wär's?«

Protnik nickte zustimmend, worauf sich Horst mit einem zufriedenen Lächeln zurücklehnte:

»Na wunderbar! Da musst du nämlich einfach mal gewesen sein. Weißt du was? Ich zeige dir am besten erst mal das Schloss dort, das ist immerhin als bedeutendes Kulturgut in die Nationale Denkmalliste eingetragen. Und die Kirche erst, mit diesen tollen Grabdenkmalen von den Grafen von Zimmern! Das wird selbst dir als Kunstbanausen gefallen!«

Horst war nun ganz in seinem Element und ließ sich auch von dem schicksalergebenen Augenaufschlag seines Kollegen nicht mehr in seiner Begeisterung bremsen.

Gleichwohl erwartete ihn ein hartes Stück Arbeit, denn bisher war an Protnik jede Bemühung Horsts völlig folgenlos abgeprallt, in diesem irgendwelches noch so winzige Interesse an Kunst- und Kulturdenkmalen, welchen Jahrhunderts auch immer, wachzukitzeln. Der Kerl war halt einfach nicht kitzlig!

Einige Stunden später saßen sie alleine mit ihrer Flasche Rotwein (14 Mark 80 hatte die im Laden in Meßkirch gekostet – unglaublich! Aber immerhin: es war wenigstens eine trockene Heilbronner Spätlese) in der Burgschenke. Der Herbergsvater, der sich herzlich gefreut hatte, seinen alten Bekannten Horst so unvermutet schnell einmal wiederzusehen, hatte extra für die beiden die eigentlich um diese Uhrzeit längst geschlossene Burgschenke aufgemacht und versichert, später noch mit ihnen bei einer Tasse Tee (!) zusammenzusitzen.

Horst war regelrecht aufgeblüht und hatte sich trotz der Ereignisse der letzten Tage gefühlt, als durchströme ihn ein warmer Energieschub. Schon als sie die letzten Kilometer vor dem Wildenstein erst durch Kreenheinstetten und dann Leibertingen gefahren waren. Wie oft hatte er und Claudia schon einen Spaziergang von der Burg ins Dorf herein unternommen und waren dort in einer der beiden Wirtschaften bei einem gemütlichen Abendessen regelrecht »verhockt«? Leibertingen, das Lavendeldorf auf dem Heuberg, zu dem es der Frankreich-begeisterte Bürgermeister in den letzten Jahren mit Beharrlichkeit gemacht hatte: ein Stückchen Provence auf der rauen Alb – allein beim Lesen des Namens auf dem Ortsschild hatte er sich schon wieder wie zu Hause gefühlt! Und als er aus dem Auto ausgestiegen war und endlich wieder unmittelbar vor seiner Lieblingsburg gestanden hatte, da schossen ihm tatsächlich die Tränen in die Augen – ein sicheres Anzeichen dafür, wie erledigt er nach all den Ereignissen der letzten Tage doch war. Aber der Wildenstein würde ihn schnell wieder an Leib und Seele genesen lassen, dessen war er sich ganz sicher. Die mächtigen, fast 500 Jahre alten Bastionen der imposanten Burg, die beiden Zugbrükken, die schon ganze Generationen von Malern und Fotografen in ihren Bann gezogen hatten, und die einmalige Lage auf den steilen schroffen Kalkfelsen sage und schreibe 200 Meter über dem Tal der jungen Donau: es war – jedesmal aufs Neue – ein atemberaubend schöner Augenblick, wieder hier zu sein!

Nach der herzlichen Begrüßung durch den Herbergsvater hat Horst, wie immer, seinen Rundgang durch die alte Burg aufgenommen, der ihn vom Speisesaal mit den herrlichen Wandmalereien aus der Renaissance durch den engen Gang über die Treppe aus ausgetretenen Kalkstufen in den riesigen Rittersaal führte. Den obligatorischen Abschluss bildete danach der Besuch der winzigen Burgkapelle mit dem sehenswerten Altar des Meisters von Meßkirch und – natürlich – die Klappe unter dem Teppich des Altarbodens, wo er bisher jedesmal Verblüffung bei seinen Begleitern hervorgerufen hatte, denen er die Burg und ihre Geschichte erläutert hatte. Auch bei Protnik war das nicht anders, nachdem bis dahin jeder Erklärungsversuch, jede noch so heitere Geschichte aus der Chronik der Grafen von Zimmern, die ja gerade auch hier, auf dem Wildenstein, spielte, wirkungslos verpufft war. Aber eine in das Holz des Altarbodens gesägte Fluchtklappe, darunter verborgen eine steile Holztreppe, die in einen dunklen Raum hinunterführte, aus dem ein kühler Luftzug in die Kapelle hochwehte, das war es, was das Herz des Kriminalisten höher schlagen ließ! »Wie geschaffen für ein Verbrechen!« rief Protnik begeistert aus, während Horst aufseufzend die Augen zum Himmel richtete: sein Kollege war und blieb nun einmal ein kulturloser Geselle, an dem war Hopfen und Malz hoffnungslos verloren!

»Also Michael«, begann Horst, nachdem sie eine Zeit lang jeder für sich seinen Gedanken nachhängend stumm am Tisch gesessen hatten. »Ich habe mir die ganze Geschichte nochmal hin und her überlegt: das war kein Selbstmord – in hundert Jahren nicht! Und Susanne, also seine Frau«, fügte er rasch hinzu, als er den fragenden Blick seines Kollegen auffing, »Susanne war's auch nicht. Die haben sich zwar ganz und gar auseinander gelebt und wollten sich sogar scheiden lassen, aber Susanne und Mord?! Nein – nie und nimmer. Außerdem waren sie sich längst einig über das Auseinandergehen. Dann der Psychopath von Nachbar: gut, bei solchen Typen weiß man nie, wenn die vollends ganz durchknallen, aber trotzdem! Der hatte doch erstens Horst das Disziplinarverfahren und die Anzeige angehängt, und zweitens glaube ich auch nicht, dass der so clever war, um auf die Idee mit dem Sauerstoff zu kommen! Nein, da muss noch ein anderer, ein absoluter Insider im Spiel sein!«

Protnik brütete dumpf über seinem Weinglas. »Aber wer? Wie um alles in der Welt sollen wir das denn rauskriegen?«

»Na, komm schon, da haben wir doch schon ganz andere Dinger geknackt, denk doch nur an den angeblichen Selbstmord damals in ...« Horst wurde vom Klingeln seines Handys unterbrochen. Gereizt starrte er das Telefon an. »Was ist denn jetzt schon wieder? Man hat einfach keine Ruhe mehr, seit es diese Scheißdinger gibt! Überall und jederzeit erreichbar sein! Furchtbar!« Beständig klingelte das Handy weiter.

»Dann nimm halt ganz einfach nicht ab – irgendwann hört's ja auch wieder auf«, knurrte Protnik, dem die Aversionen seines Kollegen gegen den technischen Fortschritt manchmal ein Rätsel waren.

»Quatsch!«, erwiderte Horst und bellte ein ärgerliches »Meyer!« in das Mikrofon. Nur wenige Augenblicke später musste Protnik eine merkwürdige Veränderung in Horsts Mienenspiel erleben. So also sah einer aus, dem gerade eben die Gesichtszüge entgleisten!

»Ja schon, Herr Steiner! Nein, natürlich nicht, Herr Steiner! Ich denke nicht daran, selbstverständlich weiß ich, dass das nicht unser Gebiet ist! Nein, klar habe ich verstanden. Nein, ich ermittle nicht auf eigenes Risiko. Und mein Kollege«, erstaunt sah er Protnik an, »nein, mein Kollege auch nicht! Wir haben ja auch beide Urlaub, da ist schon deshalb gar nicht dran zu denken ... ja, doch, alles klar, geht in Ordnung! Danke, ja! Hallo ... aufgelegt, der hat schon aufgelegt!« Wütend drückte er auf den roten Knopf und feuerte das Handy in die Ecke. »Wiederhören!«

Verwundert betrachtete Protnik das merkwürdige Schauspiel. »Was um alles in der Welt ist denn in dich gefahren? Und wer war das denn überhaupt?«

Horst schnaubte wütend. »Das glaubst du in hundert Jahren nicht, wer da gerade angerufen hat!«

»Ja wie denn auch? Ich bin schließlich kein Hellseher!« Missmutig musterte Protnik sein Gegenüber. »Also Rätsel haben wir auch so genug, da brauche ich nicht noch zusätzlich eines an der Backe!«

Beschwichtigend hob Horst die Hand. »Hast ja recht! Aber trotzdem: das ist jetzt wirklich der Gipfel! Weißt du, wer das war?«

»Nein!!! Weiß ich nicht!!!«

»Das war der Steiner! Der Steiner höchstpersönlich!« Horst schlug mit der flachen Hand auf den Tisch, dass die vor ihnen stehenden Gläser hüpften und die Weinflasche für einen Augenblick bedenklich wackelte.

Protnik glotzte ihn verständnislos an. »Steiner ... welcher Steiner denn?«

»Na, mein Chef natürlich. Und zwar der Oberboss! Der Steiner von der Polizeidirektion Heilbronn, der Oberrat! Persönlich!«

Jetzt war es Protnik, der seinerseits mit einem Fausthieb auf den Tisch die Gläser tanzen ließ: »Das gibt's doch nicht! Sag bloß, der weiß schon alles ...«

Horst nickte: »Na ja, was auch immer »alles« ist! Aber auf jeden Fall haben ihn die Typen aus Konstanz informiert: über den Unfall, über das Krankenhaus und darüber, dass ich nun auf eigene Faust Ermittlungen anstellen wollte!«

Protnik schnaubte: »Was ist das denn für eine Schweinerei?!«

»Wart's ab, es kommt noch besser!« Horst nahm einen Schluck Rotwein zu sich, bevor er weiter sprach. »Also: ich sei aus dem Krankenhaus getürmt wie ein flüchtiger Schwerverbrecher, das hat er auch schon gewusst! Und dann, das Allerschärfste: der Konstanzer Landrat habe ihm mitteilen lassen, dass er stinksauer sei, wenn er noch einmal irgendetwas von mir hören würde! Dass er sich dann beim Innenminister persönlich über mich und über die Heilbronner Polizei beschweren und das dann wiederum heftige Konsequenzen für mich nach sich ziehen würde ...«

Wieder ein Hieb auf den Tisch, der die Empörung ausdrückte, die von Protnik inzwischen völlig Besitz ergriffen hatte. »Aber das ist ja unglaublich! Was hast du denn bisher Schlimmes getan? Und was hat denn dieser Landrat da rumzumachen, das ist ja das Allerletzte!«

Horst nickte nachdenklich. »Das muss dieser Bär sein! Von dem hat schon der Professor im Krankenhaus gesprochen. Ja, richtig! Da hab ich noch nachgefragt, was der denn will, wo doch Überlingen zum Bodenseekreis gehört, und nicht zu Konstanz. Und da ist der mir ganz kurz und heftig mal über den Mund gefahren! Dieser Landrat, das scheint so einer von der Sorte zu sein, die überall die Finger drin haben! Ach ja, und noch was: ich soll ja die Finger von der Presse lassen!«

Protnik verzog säuerlich den Mund. »Klar, das sagen sie sowieso immer, nur damit sie auch irgendwas zu sagen haben!«

Doch Horst wehrte ab. »Nein, nein! Ich glaube, da ist mehr dran! Der hat sofort in diesem Zusammenhang das Stichwort Seekurier von sich gegeben, als wenn er mitbekommen hätte, wie wir mit dem Winter gesprochen haben!«

»Unmöglich! Das glaube ich aber jetzt wirklich nicht! Die können uns doch nicht bespitzelt haben! Was auch immer das für Typen sind, das sind doch Kollegen, Polizisten wie wir beide auch! Nein!« Protnik schüttelte energisch den Kopf. »Da hat der einfach so im Nebel herumgestochert und den Seekurier halt als Beispiel für die Presse an sich genommen ... Mehr kann an dieser Sache beim besten Willen nicht sein!«

Horst war nach wie vor skeptisch. »Hoffentlich hast du recht! Ist ja schließlich keine schöne Vorstellung, von den eigenen Kollegen bespitzelt zu werden! Aber wie auch immer: ich denke, ich muss jetzt wirklich vorsichtig sein. Denn sonst bricht's über mich noch dicker herein, als das eh schon der Fall ist! Protnik«, und damit blickte er seinen alten Freund unbeiirt an, »jetzt musst du mehr im Vordergrund die Initiative ergreifen!«

Bevor der so Angesprochene zu einer Erwiderung ansetzen konnte, wurde die Tür der Burgschenke geöffnet und der Herbergsvater trat ein. In der Hand hielt er einen kleinen Notizzettel. »Tut mir leid, dass ich euch störe, aber da ist grade ein Anruf gekommen.« Dabei richtete er sich an Protnik. »Der Anruf war für Sie, Herr Protnik. Da war einer namens Krauter am Telefon. Den sollen Sie möglichst rasch zurückrufen – zuhause. Ich hab Ihnen hier die Nummer aufgeschrieben!« Damit legte er den Zettel vor dem völlig entgeistert aufblickenden Protnik auf den Tisch.

»Das gibt's nicht!«, stammelte der und schüttelte fassungslos den Kopf. »Horst, du weißt wer das ist, oder?«

Auch Horst war verblüfft und nickte langsam. »Natürlich: das war jetzt dein Chef bei der Polizeidirektion in Ulm! Und dreimal darfst du raten, was der von dir will und wer mit ihm gesprochen hat!«

Kapitel XVII

Gegen Mittag des darauf folgenden Tages verabschiedeten sich Horst und Protnik vom Herbergsvater auf dem Wildenstein. »Das war ja ein Blitzbesuch, das hat sich fast gar nicht gelohnt«, schüttelte der verständnislos den Kopf. »Und gestern Abend war mit euch beiden ja auch nichts mehr anzufangen! Ich glaube, hinter euch beiden ist der Teufel her«, setzte er lächelnd noch hinzu.

»Damit kannst du recht haben«, nickte Horst, dem der Frust über die gestrigen Telefonate immer noch in den Knochen saß. »Nur frage ich mich allmählich, welcher Teufel ...«

Irritiert schaute der Herbergsvater von einem zum anderen. »Was soll denn das nun wieder heißen?«

»Gar nichts, mach dir bloß keine Gedanken!« Horst legte ihm beruhigend die Hand auf die Schulter. »Also Jürgen, machs gut. Ich hoffe wirklich, wir sehen uns bald wieder. Vielleicht langt's mir ja schon auf der Rückfahrt, zusammen mit Claudia mal vorbeizugucken. Oder du kommst uns endlich mal in Heilbronn besuchen, wenn du in der Nähe bist!«

»Wenn ... Aber du weißt ja, wie es immer ist«, verlegen zupfte Jürgen an seinem Bart. »Also dann: pass auf dich auf und mach mir keine Sorgen. Tschüss ihr zwei!« Damit schüttelte er beiden die Hand und verschwand in der Küche der Jugendherberge.

Horst versetzte Protnik einen Klaps auf die Schulter. »Also komm, alter Junge! Jetzt packen wir den Stier bei den Hörnern!«

Energisch und erkennbar voller Tatendrang setzten sie sich in Bewegung. Gleich heute Morgen beim Frühstück hatten sie einander entschlossen über den Rand ihrer Kaffeetassen hinweg angeblickt und beide hatten verstanden, was der andere damit sagen wollte: sie machten weiter! Jetzt erst recht! Und wenn ganze Legionen von Polizeichefs, Landräten und Innenministern sie daran hindern wollten! Das war Horst seinem verunglückten Freund Thomas einfach schuldig, und Protnik wiederum fühlte sich Horst gegenüber selbstverständlich in der Pflicht!

Der Tag versprach spannend zu werden!

Kapitel XVIII

»Sag mal, das darf doch wohl nicht wahr sein! Spinne ich jetzt oder sehe ich schon Gespenster?« Zornig hieb Protnik mit der flachen Hand auf sein Lenkrad und blickte angestrengt in den Rückspiegel.

»Was hast du denn? Schau lieber nach vorne, sonst landen wir noch im Straßengraben und das ist bei dem Abhang hier gar nicht lustig!« Horst war von Protniks plötzlichem Ausbruch aus seinen Gedanken gerissen worden.

»Ja komm, schau halt selber! Der ist plötzlich herangedonnert gekommen, wie ein Gewitter! Ist das derselbe wie gestern, oder nicht?«

Horst drehte sich nach hinten und spähte aus dem Rückfenster von Protniks Wagen. »Ach so, das meinst du! Schon wieder der weiße Lieferwagen? Wie der Depp von gestern? Na ja, könnte sein und sein Kennzeichen ...« Er hob sich leicht aus dem Beifahrersitz und versuchte angestrengt, einen Blick auf das Kennzeichen des dicht hinter ihnen fahrenden weißen Autos zu werfen. »Aha – das Kennzeichen stimmt auch, eine Konstanzer Zulassung – und der Kerl fährt genauso bescheuert wie der von gestern. Achtung, Sputnik! Pass auf, der rammt dich sonst gleich!« Wie eine Rakete schoss der hinter ihnen fahrende Wagen mit aufheulendem Motor plötzlich nach vorne!

»Sag mal, der hat sie wohl nicht mehr alle!« Protnik schrie den Satz in plötzlich aufsteigender Panik förmlich heraus.

In diesem Moment hörten sie auch schon das Geräusch des Aufpralls: ruckartig wurden die beiden Insassen nach vorne geworfen.

»Mensch, pass auf!« Horsts Verdacht wurde zur Gewissheit. »Mensch, der will uns von der Straße drängen! Das ist Absicht!«

»Dreckschwein!« presste Protnik zwischen seinen vor Anspannung fest zusammengebissenen Zähnen hervor. »Der hat abgewartet, bis wir hier sind und will uns jetzt abschießen!«

In der Tat hatte sich der unbekannte Geisterfahrer keine bessere Passage aussuchen können als die Heiligenberger Steige, die sie gerade befuhren. Fast zweihundert Meter ging es da in zahlreichen engen Serpentinen von der Hochfläche hinab ins Bodensee-Hinterland. Und wenn da ein Wagen an der falschen Stelle ... Horsts Gedanken wurden durch einen neuerlichen Stoß von hinten unterbrochen. »Mensch Protnik, drück auf die Tube, sonst hat der uns wirklich bald ...«

»Mach ich doch, aber bei jeder Kurve kommt der automatisch näher, wenn ich am Abbremsen bin! Was ist denn das jetzt?«

Angespannt blickten die beiden auf die linke Seite. Tatsächlich: der weiße Lieferwagen setzte zum Überholen an. »Schneller Protnik, schneller! Der will uns seitlich von der Straße boxen!« Krampfhaft stützte sich Horst am Armaturenbrett von Protniks Wagen ab. Ein Blick nach rechts verursachte eine krampfhafte Zuckung in seinem Magen: an dieser Stelle ging es fast senkrecht ins Tal hinunter. »Protnik, schneller!«

»Ich fahre längst mit Vollgas!«, schrie der zurück. »Aber der andere ist einfach schneller, der hat wesentlich mehr PS als wir!« Protnik umklammerte das Lenkrad.

In diesem Moment raste der weiße Wagen fast schon auf gleicher Höhe mit ihnen auf der Gegenfahrbahn heran, nur Zentimeter befanden sie sich noch auseinander! Wieso kam denn kein Auto die Straße heraufgefahren?! Ausgerechnet jetzt war von Gegenverkehr nichts zu sehen! »Brems mal scharf, Protnik! Auf geht's: jetzt!!«

Doch im selben Moment drang ein durchgehendes metallisches Kreischen an ihre Ohren, das durch Mark und Bein zu zischen schien: der andere hatte sie touchiert und drückte nun mit seinem wesentlich größeren Gewicht und seiner überlegenen Masse Protniks kleinen Opel Astra mühelos auf den Seitenstreifen! Verbissen versuchte Protnik gegenzulenken, so gut er es eben in dieser Situation vermochte. Doch es half nichts: schon rumpelten die Räder auf der rechten Seite über die Grasnarbe, Funken sprühten am Fenster der Beifahrerseite hoch. Sie hatten die Leitplanke gestreift, die mit absoluter Sicherheit nicht genügend Widerstand bieten würde, um den absehbaren Sturz über den Abhang aufzuhalten.

»Protnik!« schrie Horst aus Leibeskräften. »Brems, Protnik!«

Doch diese Aufforderung war gar nicht nötig. Energisch stieg Protnik bereits in die Eisen: ein hässlich quietschendes Geräusch war die Folge! Die Räder blockierten auf der vom vorangegangenen Regenschauer noch nassen Fahrbahn! Nur ja nicht ins Schleudern geraten in dieser Situation! Heftig kurbelte er am Lenkrad! Horst schickte ein Stoßgebet zum Himmel: hoffentlich war Protniks letzter Schleuderkurs noch nicht allzu lange her! Aber was war das?!

Der weiße Lieferwagen schoss mit einemmal wie ein Blitz an ihnen vorüber: der Amokfahrer musste noch mehr aufs Gas getreten sein, während Protnik nach der Vollbremsung immer noch versuchte, seinen Wagen einigermaßen kontrolliert zum Stehen zu bringen. Da entdeckte Horst den Grund für das Manöver: Endlich! Keine hundert Meter vor ihnen bewegte sich langsam ein mit Kies beladener Lastzug die Steige hinauf, und wenn der Fahrer des Lieferwagens es nicht schleunigst schaffte, auf die richtige Spur einzubiegen, dann war ein Zusammenstoß mit dem LKW nicht mehr zu vermeiden. Horst schnaufte tief durch, während es Protnik gelang, den Wagen allmählich wieder in seine Gewalt zu bringen und langsam ausrollen zu lassen.

Atemlos beobachteten sie die Szene vor ihnen: ein langgezogenes tiefes Hupgeräusch des Lastzugs, dessen Fahrer gleichzeitig heftig das Fernlicht bediente, hallte ihnen entgegen, gefolgt von einem dumpfen Schlag! Der Lieferwagen war mit dem linken Kotflügel auf den LKW geprallt, die Stoßstange fegte wie von einer Orkanböe getrieben durch die Luft, während bei dem Lastzug der linke Scheinwerfer in tausend Scherben zersplitterte. Der weiße Wagen kam heftig ins Schleudern, doch irgendwie gelang es dessen Fahrer, sein Gefährt wieder unter Kontrolle zu bekommen. Mit kaum verminderter Geschwindigkeit raste es anschließend weiter den Berg hinunter.

Horst und Protnik stierten sich ungläubig an, bis Horst schließlich den Kopf schüttelte. »Was war das denn? Ich glaub es einfach nicht! Das war nie und nimmer ein Fahrfehler, das war Absicht!«

Protnik schien nach wie vor sprachlos. Kreidebleich fixierte er das Armaturenbrett. Langsam, ganz langsam entspannte er die um das Lenkrad gekrampften Finger. »Das war knapp!«, stieß er gepresst hervor.

Der Fahrer des Lastzuges hatte angehalten und die Warnblinkanlage eingeschaltet. Mit hochrotem Kopf kletterte er aus dem Führerhaus und besah sich den Schaden. Dann stapfte er auf das Auto der beiden zu. »Habt ihr ein Wettrennen veranstaltet oder was soll das denn eigentlich gewesen sein?«, brüllte er Protnik, der im selben Moment noch immer sichtlich benommen die Scheibe herunterkurbelte, direkt ins Gesicht.

Das hysterische Gezeter des Lastwagenfahrers sorgte dafür, dass sich die Verkrampfung in Horst mit einem Schlag wieder löste. Er beugte seinen Oberkörper nach vorne und fingerte den Dienstausweis aus der Hosentasche. Dann stieß er Protnik an. »Da, zeig ihm das!«

Während Protnik den Ausweis dem aufgebrachten LKW-Fahrer direkt unter die Nase streckte, versuchte Horst, einen strengen amtlichen Ton anzuschlagen: »Polizei! Wir sind im Einsatz! Bleiben Sie, wo Sie sind, wir werden den Kollegen Bescheid sagen!«

Der Fahrer wirkte durch die Tatsache, dass er bei einem Polizeieinsatz gerammt worden war, nicht sonderlich begeistert. Wütend schnaubte er: »Schöne Freunde und Helfer! Um ein Haar hätte es hier im Namen des Gesetzes Kleinholz gegeben! Ihr habt sie wohl nicht mehr alle!«

Horst versuchte es weiter mit Strenge: »Machen Sie jetzt den Weg frei! Wir müssen dem Unfallverursacher folgen!« Den überraschten Blick von Protnik übersah er geflissentlich. »Also los, kommen Sie schon, sonst wird's teuer!«

Widerstrebend machte der Lastwagenfahrer kehrt und ging zu seinem lädierten LKW zurück. Als sie an dem Mann vorüberfuhren, warf er ihnen wütende Blicke zu. Horst sah, wie er etwas auf ein Stück Papier kritzelte, höchstwahrscheinlich ihr Autokennzeichen. Verständnisvoll wiegte er den Kopf: »Verstehen kann ich ihn! Da schleichst du nichts ahnend den Berg hoch und plötzlich kommt ein Hurrikan auf dich zugerast. Dann kracht es mittelprächtig und zwei Typen erklären dir leutselig, alles sei völlig normal, sie wären halt grade im Polizeieinsatz!«

Protnik schaute ihn von der Seite an. »Wenn das nicht noch ein Nachspiel hat: Menschenskinder! Das wird noch gewaltigen Ärger geben!«

Horst nickte zustimmend: »Worauf du dich verlassen kannst! Aber den Kerl, den erwischen wir – und das Kennzeichen hab ich mir auch gemerkt!«

»Wird nicht viel nützen, der Wagen ist doch todsicher geklaut!«, brummelte Protnik skeptisch, während er nach der letzten Serpentine der Steige nun kräftig beschleunigte und mit fast hundert Sachen am Ortsschild von Leustetten vorbeirauschte. »Hoffentlich holen wir den Kerl noch ein, der hat ja schließlich ganz schön was abbekommen! Hast du ihn übrigens genauer sehen können?«

»Viel war da nicht zu sehen. Der ist schon auf Nummer sicher gegangen. Dunkle Haare, Sonnenbrille, gestutzter Schnauzbart und dann so einen weiß-schwarz gewürfelten Arafatschall ums Kinn und um den Hals, so wie ihn diese Typen fast alle tragen, mehr war nicht zu sehen von diesem Gangster!«

»Hab ich mir halb gedacht: der ist schließlich auch nicht blöd! Also, wie der plötzlich hinter mir hergefegt ist: alle Wetter!« Protnik durchlief ein Schauder. »Mir ist jetzt noch ganz schwummerig! Aber der muss uns abgepasst haben, der hat irgendwo da oben auf uns gewartet. Das war alles eiskalt kalkuliert!«

Auch Horst spürte, wie sich in der Erinnerung an das gerade eben Durchlebte seine Nackenhaare aufstellten. »Das glaube ich auch! Also ehrlich Protnik: zweimal innerhalb von drei Tagen fast über den Jordan zu gehen, das haut den stärksten Bären um. Und dann noch ...«

Eine energische Handbewegung von Protnik unterbrach seine Rede. »Du guck mal, da vorn auf dem Parkplatz! Ist das nicht unser Auto?«

Angestrengt kniff Horst die Augen zusammen und blickte in die Richtung, in die Protniks Arm deutete. Dann schlug er sich auf die Schenkel. »Bingo, Sputnik! Du hast Recht! Na warte, Freund, wenn ich dich zwischen die Finger kriege!«

Mit quietschenden Reifen hielten sie Sekunden später neben dem lädierten weißen Lieferwagen, unter dessen Motorhaube sich eine Pfütze aus auslaufendem Kühlwasser gebildet hatte. Mit einem Blick konnte man erkennen, dass der Fahrer verschwunden war. Weit und breit war keine Spur von ihm zu entdecken, nicht einmal auf den angrenzenden Äckern. »Mist, verfluchter«, hieb Protnik wütend mit der Faust auf sein Lenkrad. »Der hat entweder einen Komplizen gehabt, der hier auf ihn gewartet hat oder aber er hat für den Fall des Falles hier ein zweites Auto abgestellt! So ein durchtriebenes Aas aber auch!«

Leise schüttelte Horst den Kopf. »Das darf doch einfach alles nicht wahr sein! Das ist ja wie ein Alptraum! Also wenn noch einmal irgend jemand mir gegenüber behauptet, der Thomas hätte sich selbst umgebracht, dem gehe ich eigenhändig an die Gurgel! Der muss in einem ganz gewaltigen Sumpf fündig geworden sein! Und jetzt haben sie uns auf der Liste, weil sie glauben, wir hätten etwas mitgekriegt! Schön wär's ja!« Hilflos musterte er seinen Kollegen. »Und jetzt? Was sollen wir denn jetzt tun?«

Auch Protnik schien mit seinem Latein ziemlich am Ende zu sein. »Jetzt? Jetzt rufst du mit deinem Handy erst mal die Kollegen an und meldest ihnen den Unfall an der Steige! Du liebe Güte, das wird einen schönen Anschiss geben, wenn die Bosse davon erfahren! Und dann auch noch Unfallflucht!« Skeptisch zog er die Mundwinkel nach unten und schnalzte mit der Zunge. »Das geht nicht ohne Disziplinarverfahren ab, da verwette ich den Hühnerstall meiner Oma! Tja, Herr Kollege, ab nach Sibirien! Also komm – lass uns zum LKW zurückfahren!«

Energisch richtete sich Horst, der gerade noch zusammengesunken im Beifahrersitz vor sich hingebrütet hatte, auf. »Nichts da! Von wegen! O.K., ich ruf an und melde das mit dem Unfall – aber aufnehmen können die ihn alleine.« Er deutete mit dem Zeigefinger auf seine Armbanduhr. »Wir müssen weiter! Denk an den Termin mit Winter! Nicht dass der glaubt, wir würden unsere Abmachung nicht einhalten ...!

»Aber ...«, warf Protnik protestierend dazwischen. »Wir können uns doch nicht so einfach aus dem Staub machen. Wir sind doch Zeugen und ...«

»Ist mir jetzt auch egal«, unterbrach Horst die Einwände seines Kollegen. »Der LKW-Fahrer hat sich ja unsere Nummer notiert und ich sag den Kollegen am Telefon gleich auch noch ein paar Sätze dazu. Ich muss jetzt unbedingt mit Winter sprechen!« Er donnerte Faust gegen die Verkleidung der Beifahrertür. »Ich muss langsam wissen, was hier für ein Spiel gespielt wird. Und irgendwie glaube ich, dass Winter der einzige ist, der uns mehr dazu sagen kann!«

Einerseits hatte Horst Meyer damit Recht, andererseits wartete aber bereits die nächste unangenehme Überraschung auf die beiden Kommissare.

Kapitel XIX

Schon von weitem konnten sie erkennen, dass etwas nicht stimmte. An dem normalerweise an einem Freitag um diese Uhrzeit völlig menschenleeren Aussichtsturm, wo sie sich zu ihrem Treffen mit dem Journalisten Alex Winter verabredet hatten, war die Hölle los. Der Weg zum Turm war regelrecht gepflastert mit Fahrzeugen, von deren Dächern unaufhörlich blaue Blinklichter zuckten. Ein Notarztwagen, ein Rettungswagen, zwei Polizeifahrzeuge und zwei zivile Einsatzwagen, einer davon mit FR-Kennzeichen, mehrere Männer mit Notizblöcken, die von einem aufgeregt gestikulierenden älteren Mann mit Cordhut, Latzhose und derben Schaftstiefeln in Beschlag genommen wurden, ein gelbes Absperrband aus Plastik, das zwei uniformierte Polizeibeamte gerade ausrollten: »Du meine Güte, bitte lass es nicht wahr sein!« Horst sah verzweifelt zu seinem Kollegen hinüber, der ihren Wagen gerade hinter dem letzten Polizeifahrzeug in die Wiese stellte.

Auch Protnik war blass geworden. Ernst blickte er zu Horst Meyer. »Wenn das stimmt, was ich vermute, dann gute Nacht!«

Sie öffneten die Türen, was Protnik bedingt durch den Zusammenprall von vorhin nur mühsam gelang, und stiegen aus. Keine zehn Schritte waren sie auf den Turm zugelaufen, als eine energische Stimme sie zum Anhalten zwang.

»Halt, hier geht's nicht weiter! Hier werden polizeiliche Ermittlungen angestellt. Bitte kehren Sie um!« Der

Mann kam hinter einem der Zivilfahrzeuge hervor und musterte sie streng. Dann schlug er sich mit der flachen Hand an die Stirn. »Nein, so was! Sie sind mir doch gleich irgendwie bekannt vorgekommen! Was machen Sie denn da?« Kopfschüttelnd blieb der Kriminalkommissar aus Konstanz, der Horst gestern Mittag im Überlinger Krankenhaus vernommen hatte, vor den beiden stehen. »Ich denke, es war klar, dass Sie sich aus den Ermittlungen heraushalten!« Er machte eine leichte Kopfbewegung zur Seite. »Herr Schlotterbeck, kommen Sie bitte mal! Wir haben Besuch bekommen, interessanten Besuch«, fügte er böse lächelnd noch hinzu.

In diesem Augenblick tauchte der Kommissar vom Landeskriminalamt auch schon zwischen den Einsatzfahrzeugen auf. Verblüffung spiegelte sich in seiner Miene, als er erkannte, wen er da vor sich hatte. »Was um alles in der Welt machen Sie denn da?«

»Das würde ich genauso gerne von Ihnen wissen«, murmelte Horst, der sich für die Strategie der Vorwärtsverteidigung entschieden hatte, leise. Eine kalte Faust schien ihn im Nacken gepackt zu haben und bohrte sich unaufhaltsam in sein Rückenmark. Was war da bloß geschehen? Er wagte gar nicht erst, daran zu denken!

»Moment einmal, die Herren, ja?«, zischte der LKA-Beamte mit schneidender Stimme. »Ich finde es allmählich gar nicht mehr so witzig, dass Sie hier am See anscheinend überall dort auftauchen, wo grade ein Toter gefunden wird! So langsam reicht es mir!«

Beim Stichwort »Toter« wurde Horst kreidebleich. Er hatte es ja geahnt! Fast wären ihm die Beine weggesackt:

es war allmählich wirklich alles zu viel für ihn! Protnik, dem Horsts Schwächeanfall nicht verborgen geblieben war, packte ihn fest am Oberarm: »Aber sagen können Sie uns schon, was passiert ist, oder? Schließlich waren wir hier mit jemandem verabredet!«

»Soso, hier verabredet, ausgerechnet hier, wo sich Fuchs und Hase Gute Nacht sagen! Weil es am ganzen Bodensee ja keinen Flecken gibt, an dem man sich unterhalten kann. Und dann auch noch ausgerechnet heute!« Hofer von der Konstanzer Kripo tropfte das Gift förmlich aus den Mundwinkeln. Forschend fixierte er Protnik mit zorniger Miene: »Und mit wem bitte haben Sie sich hier verabredet!«

Protnik wand sich wie der Fuchs in der Falle. »Na ja, mit einem Bekannten eben. Wir wollten uns von da oben die Gegend anschauen«, er deutete mit dem ausgestreckten Arm auf den Aussichtsturm hinauf. »Er kennt sich nämlich ganz gut hier aus, wissen Sie«, fügte er rasch noch hinzu, in der Hoffnung, arglos genug gewirkt zu haben. Aber insgeheim war ihm natürlich längst klar geworden, dass sie ihn durchschaut hatten.

»Kommen Sie, lassen Sie die Spielchen«, entgegnete Hofer denn auch säuerlich. »Sagen Sie mir bitte jetzt gleich, wie der Bekannte heißt, den Sie hier treffen wollten!«

Hilfesuchend blickte Protnik seinen Kollegen an. Aber Horst zuckte nur resigniert mit den Schultern. »Wir haben hier ein Treffen mit Alex Winter ausgemacht, mit dem Redakteur vom Seekurier. Der wollte uns von da oben mal die Gegend zeigen!«

Hofer schüttelte energisch den Kopf. »Der wird Ihnen gar nichts mehr zeigen! Der ist nämlich mittlerweile am Hanf erstickt!«

Verständnislos stierten sich die beiden an. »Was soll das denn heißen?«, stieß Protnik schließlich hervor.

Schlotterbeck übernahm die Erklärung: »Dass der Journalist Alex Winter da oben noch vor fünf Minuten an einem Seil gebaumelt ist! Und der Mann da drüben«, damit deutete er auf den immer noch gestikulierenden Mann mit dem Cordhut, der ihnen vorhin schon aufgefallen war, »der hat ihn zufällig entdeckt und die Polizei alarmiert!«

Also doch! Nur ein weiterer rasch zupackender Griff von Protnik bewahrte Horst davor, auf den Boden zu sinken. Das war zu viel! Das war einfach zu viel für ihn! Noch ein Toter! Nein, das hielten seine Nerven allmählich nicht mehr aus! »Protnik komm, lass uns gehen, ich kann nicht mehr!« Doch Protnik, hielt ihn nach wie vor eisern fest. Der hatte heute Nerven wie Drahtseile!

»Nur eine Frage noch, Kollege! Haben Sie schon irgendeine Erkenntnis, wer ihn umgebracht haben könnte!« Das war anscheinend genau die falsche Frage zum falschen Zeitpunkt gewesen.

»Umgebracht! Dass ich nicht lache!«, schnaubte Hofer wütend. »Sie beide schon wieder und ihre ewigen Mordtheorien. Das war, das kann ich Ihnen gerne auch schriftlich geben, Selbstmord. Ganz einfacher stinknormaler Selbstmord ohne irgendwelche Fremdeinwirkung! Und wenn Sie es nicht glauben, dann fragen Sie den Doktor: der hat keinerlei Spuren von Gewaltanwendung bei der

Leiche gefunden! Aber das passt Ihnen ja wohl nicht ins Konzept, oder?«

Doch Protnik ließ sich nicht so schnell abwimmeln: »Von äußerer Gewaltanwendung, meinen Sie. Abwarten, was die Obduktion bringen wird!«

Jetzt lief der andere knallrot an: »Da gibt es keine Obduktion! Das war Selbstmord, basta, fertig! Wir sind ja schließlich auch keine Idioten, oder! Aber wir rennen doch nicht jedem Selbstmörder so lange hinterher, bis wir irgendeine blödsinnige Mordtheorie aufstellen können. Da wird nichts mehr untersucht: das war Selbstmord! Ende der Fahnenstange! Kapiert?« Böse glotzte er Protnik ins Gesicht.

Auch Schlotterbeck trat nun ganz nahe auf die anderen zu. »Der Arzt schreibt gerade den Totenschein aus. Und auf dem steht: Selbstmord! Kapiert?«, zischte er mit gefährlich leiser Stimme hervor. »Sie gehen jetzt wohl besser nach Hause!«

Protnik nickte, allem Anschein nach mittlerweile gewaltig zerknirscht. »Machen wir. Einverstanden! Aber eine winzige Frage habe ich dann zum Schluss doch noch!« Ziemlich kleinlaut stand er da und blickte die beiden anderen bittend an. Horst war gespannt, was jetzt gleich kommen würde.

Schlotterbeck verdrehte die Augen. »Also, eine Frage noch und dann aber Feierabend!«

Protnik nickte zum zweitenmal. »Danke! Also – die Frage, die sich mir stellt, die lautet ganz einfach: wir stehen hier auf dem Gebiet des Bodenseekreises, das ist doch gar nicht Ihr Gebiet. Dafür ist doch Friedrichshafen zuständig, oder?« Damit deutete er auf die Kennzeichen der Einsatzfahrzeuge mit den Abkürzungen der zuständigen Landespolizeidirektion Tübingen. »Wie also kommen Sie hierher?« Forschend blickte er von einem zum anderen.

Nun war es an Schlotterbeck zu explodieren. »Weil ich vom LKA bin. Und das Landeskriminalamt betreut das ganze Land!« Er schrie so laut, dass die anderen sich erstaunt umdrehten und sogar der Mann mit dem Cordhut aufhörte, mit den Armen in der Gegend herumzufuchteln. »Und weil ich mitbekommen habe, dass da ein Journalist tot am Seil hängt! Per Polizeifunk übrigens! So was soll's geben! Und weil mein Kollege weiß, dass der da ab und zu mit dem toten Taucher gemauschelt hat! Und weil wir wissen wollten, ob da was dran ist und ...« Weiter kam er nicht. Hofer hatte ihm energisch die Hand auf die Schulter gelegt und damit den Redefluss gestoppt. Ihm waren die Erklärungen schon viel zu weit gegangen!

»Basta! Schluss jetzt! Also: Sie machen jetzt, dass Sie Land gewinnen! Ansonsten halten Sie sich per Handy zu unserer Verfügung. Sie wissen ja«, setzte er zynisch lächelnd hinzu. Dann drehte er sich um, gefolgt von Schlotterbeck, der nach seinem Wutausbruch von gerade eben immer noch heftig schnaufte.

Protnik stützte Horst weiter am Oberarm. »Und wenn das Selbstmord war, dann fresse ich einen Besen samt Hexe! Diese Zudecker, diese verdammten Vertuscher und Nicht-Aufklärer!«, murmelte er bitter.

»Ich möchte nur wissen, ob das Absicht oder Faulheit ist«, setzte Horst nachdenklich hinzu.

Protnik sah ihn an – ein beinahe flehender Ausdruck trat in seine Augen. »Bitte, lass es Faulheit sein! Nicht auszudenken, wenn es anders wäre, dann: Gute Nacht, Marie!«

Wie ein Blitzschlag durchzuckte Horst in diesem Moment ein Gedanke. »Claudia! Verdammt, wir haben Claudia vergessen!« Verflucht und zugenäht – wenn sie sich wenigstens endlich ein Handy zugelegt hätte. Verzweifelt sah er auf seine Uhr: 14 Uhr 30. Jetzt sollte er eigentlich Claudia vom Überlinger Bahnhof abholen. Oh je – auch das noch! »Komm Protnik, wir müssen schnellstens zum Bahnhof«, rief er seinem verdutzten Kollegen zu. »Komm schon, gib Vollgas!«

Es gab Tage, an denen sollte man lieber im Bett bleiben – und der Tag war schließlich noch lange nicht zu Ende!

Kapitel XX

Am Überlinger Bahnhof war – natürlich – von Claudia weit und breit nichts zu sehen. Horst sah auf seine Armbanduhr: fünf Minuten nach 15 Uhr – fast anderthalb Stunden zu spät! Er war der Verzweiflung nahe: »Auch das noch! Wo um alles in der Welt soll ich denn jetzt suchen? Also wenn das so weitergeht, dann kannst du mich bald in der Klappsmühle abliefern!«

»Und mich gleich mit dazu!« Auch Protnik hatten sich die letzten Stunden gewaltig aufs Gemüt gelegt. »Das hält ja der stärkste Bär nicht aus: Mordversuch, ein toter Gesprächspartner, pampige Kollegen, drohendes Disziplinarverfahren, kaputtes Auto und jetzt auch noch eine verschwundene Ehefrau! Nein«, er hieb sich mit der geballten Faust auf sein Knie, »mir wird das alles so langsam zu viel!«

Horst gab sich einen Ruck: »Komm, es hilft alles nichts, wir müssen sie suchen! Vielleicht war Claudia so schlau und hat sich mit dem Taxi nach Nußdorf bringen lassen. Also Michael, fahr los! Wir schauen erst mal auf dem Stellplatz in Nußdorf nach!«

Wenige Minuten später lenkte Protnik seinen verbeulten Astra auf die Hofeinfahrt des Anwesens, wo Horsts Freund aus Albstadt seinen Wohnwagen aufgestellt hatte. Ein roter Rangerover mit BL-Kennzeichen parkte neben der Buchenhecke. Horst schwante Übles! »Oh Gott, auch das noch!« Er straffte sich und atmete tief durch. »Der Frieder aus Albstadt ist also auch da ...«

Und nicht nur der war anwesend. Kopfschüttelnd stand Claudia vor dem Wohnwagen, aus dessen Tür gerade ihr gemeinsamer Freund Frieder trat, der ihr gestikulierend einen ganz offensichtlich ärgerlichen Tatbestand schilderte.

Die ersten Wortfetzen drangen an Horsts Ohr: »... und dann hat er auch nicht mal die Tür abgeschlossen, als er abgehauen ist! Da hätte ja jeder ... Aha, da ist er ja!« Frieder hatte die beiden Kollegen bemerkt und musterte Horst mit bitterbösem Blick. Auch Claudia drehte sich um: der Vorwurf in Person! Das konnte ja ein lustiger Nachmittag werden! An seiner Seite spürte er eine Bewegung: Protnik hatte die Situation offenbar erfasst und sich vorsichtig umgedreht, um vor dem zu erwartenden Donnerwetter, mit dem er schließlich nicht das Geringste zu tun hatte, zu entkommen. Der Feigling! »Sputnik, bitte!«, zischte Horst seinem Kollegen zu und hielt ihn am Hemdsärmel fest. »Bitte mach jetzt nicht die Fliege, sondern bleib einfach neben mir stehen! Bitte!«

Protnik hob mit einer resignierten Geste die Hände. »Also gut, von mir aus! Auch vollends egal! Also dann: Augen zu und durch!«

Im selben Moment brach auch schon das Donnerwetter los: »Sag mal, was hast du dir eigentlich dabei gedacht!« Claudia stemmte die Hände in die Hüften und baute sich vorwurfsvoll vor ihrem Ehemann auf. »Wie kann ein einzelner Mensch denn in so kurzer Zeit so viel Mist bauen, kannst du mir das einmal sagen?«

Horst zog es vor, zunächst einmal gar nichts zu sagen und stumm den weiteren Verlauf des Gewitters abzuwarten. Da kletterte auch schon sein Freund Frieder aus dem Wohnwagen, stellte sich neben Claudia und deutete mit dem ausgestreckten Arm auf die Öffnung in der Seitenwand seines Wohnwagens, wo es vor drei Tagen die Abdeckklappe fortgeweht hatte. Ach, du meine Güte! Daran hatte er im Strudel der Ereignisse wahrlich nicht mehr gedacht!

»Kannst du mir sagen, wieso du meinen Wohnwagen offensichtlich gerade in seine Einzelteile zerlegst?«, polterte Frieder mit hochrotem Kopf nunmehr los. »Und weshalb du gleichzeitig in drei Teufels Namen die Inneneinrichtung flutest. Da!« Er machte mit dem ausgestreckten Arm eine ausholende Bewegung. »Schau dir die Sauerei an: alles nass, tropfnass und stinkend! Wie soll man da noch übernachten!« Wütend machte Frieder kehrt und stürmte in sein lädiertes Feriendomizil, bevor Horst auch nur ansatzweise Gelegenheit gefunden hatte, eine wie auch immer formulierte Entschuldigung zu stammeln. Er machte Anstalten, Frieder zu folgen, doch Protnik umklammerte fest seinen Unterarm. »Lass das, das hat jetzt noch keinen Wert! Lass erst mal den Zorn verrauchen und komm morgen wieder, wenn sich die Wogen einigermaßen geglättet haben!« Damit drückte er mit seiner Hand noch einmal fester zu, wie um Horst an etwas zu erinnern. »Da, kümmere du dich jetzt lieber um die Scherben deiner Ehe!« Mit einer Bewegung seines Kinns deutete er in Claudias Richtung.

Er hatte Recht! Aber wie sollte Horst das Porzellan wieder kitten? Da half nur eins: das Büßergewand. Mit einer hoffnungslosen Geste breitete er die Arme aus und machte einen Schritt auf Claudia zu. »Entschuldigung, Schatz! Ich weiß, es sieht alles ganz und gar bescheuert aus, aber glaub mir: ich kann dir alles erklären!« Eine Armlänge vor Claudia blieb er stehen.

»Das hoffe ich auch schwer für dich!« Claudia schüttelte – immer noch außer sich vor Empörung – den Kopf. »Meine Güte, und ich habe mich so auf dieses Wochenende am See gefreut!« Vorwurfsvoll blickte sie von Horst auf Protnik und danach wieder zurück. »Aber wenn man euch beide einmal alleine lässt: es ist doch immer wieder dasselbe!«

Protnik trat vorsichtshalber einen Schritt zurück: man konnte ja nie wissen! Ein missbilligender Blick seines Kollegen war die Folge. Horst senkte den Kopf: »Also, da sind Sachen passiert ...« Bewusst ließ er den zweiten Teil seines Satzes offen. Nun war es an der Zeit, die Initiative zu ergreifen: energisch machte er einen weiteren Schritt auf Claudia zu und legte seine Arme auf ihre Schultern: »Aber das alles erzähle ich dir nachher! Wie wäre es, wenn wir jetzt erst mal unser Zimmer im Parkhotel beziehen würden? Was meinst du?«

Überraschung spiegelte sich in Claudias Augen. Der Frust von gerade eben schien mit einem Schlag wie weggeblasen. »Wie? Du hast ein Zimmer für uns im Parkhotel reserviert?!«

Horst nickte demütig. Bitte, bitte lieber Gott: lass sie im Parkhotel noch ein Zimmer frei haben! Nur ein einziges!

Claudia stieß einen vergnügten Laut aus und legte nun ihrerseits die Hände auf Horsts Schultern: »Aber das ist ja fantastisch! Da könnte ich dir doch glatt einen Kuss geben!«

»Dann tu's doch einfach!«

»Immer langsam mit den jungen Pferden! Dafür hab ich vorhin am Bahnhof noch eine viel zu große Wut auf dich gehabt, als ich da mutterseelenallein wie bestellt und nicht abgeholt herumgestanden bin! Erst mal möchte ich nachher haarklein erzählt bekommen, was ihr beide wieder angestellt habt!« Energisch nahm sie seine Hände von ihren Schultern: »Also los, gehen wir endlich!«

In diesem Moment klingelte Horsts Handy. Immer im richtigen Augenblick! Nervös zerrte er es aus seiner Gürteltasche und reichte es Protnik. »Geh du bitte ran! Ich hab jetzt keine Nerven dafür!«

Mit einem gequälten Augenaufschlag übernahm Protnik das Telefon und meldete sich mit einem neutralen: »Ja, bitte?«

Horst ignorierte das Telefonat geflissentlich und bückte sich nach Claudias Reisetasche. »Komm, lass uns schon zum Auto vorgehen! Schließlich haben wir Urlaub!« Energisch packte er die Tasche und marschierte auf Protniks Wagen zu.

Verblüfft blieb Claudia vor dem verbeulten Astra stehen und betrachtete kopfschüttelnd die Spuren des Zusammenpralls vom heutigen Morgen. »Sag mal, fährt der Protnik neuerdings Querfeldein-Rallye? Das ist ja unglaublich! Und außerdem«, prüfend heftete sie den Blick auf den abgesplitterten Lack, »da ist ja noch gar kein Rost dran! Das muss erst neulich passiert sein!« Verwundert wandte sie den Kopf und betrachtete skeptisch ihren Ehegatten: »Sag mal, hast du damit etwa auch was zu tun?«

Der legte jedoch lediglich die Stirn in Falten. »Ich hab dir doch gesagt, du erfährst nachher alles! Aber lass uns doch jetzt erst mal ins Hotel fahren!«

Auch Claudia runzelte die Stirn: »Ob die uns überhaupt ins Zimmer lassen, wenn wir mit der verbeulten Schüssel da vorfahren?«

»Da mach dir mal keine Sorgen, das ist schon alles geregelt!« Hoffentlich! Horst sandte einen Stoßseufzer zum Himmel. »Und heute Abend gehen wir dann ganz gemütlich zum Essen!« Er wäre zwar lieber nach dem heutigen Tag, todmüde wie er war, einfach so ins Bett gefallen, aber das konnte er Claudia nach dem völlig missglückten Empfang am Bodensee einfach nicht antun!

»Ja – ich kenne da ein wunderschönes Lokal in Konstanz«, ließ sich in diesem Moment von hinten eine Stimme vernehmen. Überrascht drehten sie sich um: Protnik! Wieso wollte der denn auch mit? Der musste doch wieder hoch in sein Zimmer auf den Wildenstein! Und wieso ausgerechnet Konstanz?!

Bei Claudia hatte sich das Erstaunen schnell wieder gelegt: »Ja, warum denn eigentlich nicht? Es ist mindestens schon zwei Jahre her, dass ich zum letzten Mal in Konstanz war! Gute Idee, Michael!« Damit öffnete sie die Beifahrertür des Astra und kletterte sichtlich gut gelaunt auf den Rücksitz.

Horst brauchte gar nicht erst zu fragen, was der Vorschlag mit Konstanz zu bedeuten hatte, Protnik überreichte ihm nämlich schon im selben Moment wieder das Handy und deutete mit dem Zeigefinger darauf, während er ihm leise zuraunte: »Da, das Telefonat eben! Das war sowieso für uns beide bestimmt! Die haben uns für heute Abend in die Polizeidirektion nach Konstanz zitiert: 19 Uhr und keine Minute später! Ich sag's dir: da wartet ein furchtbares Donnerwetter auf uns!« Gequält verzog er das Gesicht. »Wenn du den Tonfall von dem grade gehört hättest!« Er schüttelte sich angewidert. »Wir müssen beim Oberboss persönlich antanzen – unsere Chefs haben dem Schlachtfest im übrigen schon zugestimmt, da lässt sich nichts mehr daran drehen!« Er zog heftig an der verbeulten Fahrertür seines Wagens, die sich nur mit Mühe öffnen ließ: »Was für ein Tag!!!«

Kapitel XXI

Kurz vor 19 Uhr stellte Protnik seinen verbeulten Blechhaufen, der einmal ein Auto gewesen war, vor dem Parkplatz der Polizeidirektion Konstanz ab. »Also, dann auf zum letzten Gefecht«, knurrte er zynisch und hievte sich aus dem Wagen. Horst folgte ihm schicksalergeben und ohne jegliche Illusionen. Die würden sie jetzt nach Strich und Faden auseinandernehmen und fertigmachen, darüber war er sich völlig im Klaren. Aber wenigstens hatte das mit dem Zimmer im Parkhotel geklappt und Claudia war wieder einigermaßen besänftigt! Erstaunlich ruhig und gelassen hatte sie sich seine Erklärungen angehört: wie das mit dem Unfall beim Tauchen gewesen war und weshalb er sich erst so spät bei ihr gemeldet hatte. Dass er sie nicht habe beunruhigen wollen und so weiter. Na bitte, es ging doch! Nicht auch noch Krach in der Ehe – das wäre dann wirklich zu viel gewesen! Zu beider Überraschung hatte sie auch anstandslos eingewilligt, sich in der Konstanzer Altstadt noch eine Stunde lang die Füße zu vertreten und ein bisschen einkaufen zu gehen, während Horst und Protnik sich um eine Überraschung kümmern wollten, von der sie jetzt noch nichts erzählen konnten. Sie hatte erwartungsvoll gelächelt und sich dann am Schnetztor absetzen lassen, in der Nähe des Juweliers, wo sie vor Jahren in ihrem ersten gemeinsamen Urlaub am Bodensee damals ihre Trauringe gekauft hatten.

»Schöne Überraschung!«, brummelte Horst missmutig vor sich hin. »In Konstanz haben schon ganz andere Leute ihr Waterloo erlebt!«

Unsicher sah Protnik auf. »Was meinst du damit?«

»Ach nichts, nur so! Aber jedesmal, wenn ich nach Konstanz komme, dann muss ich daran denken, dass sie hier damals den Hus verbrannt haben!«

»Den wenn?« Protniks Miene war ein einziges Fragezeichen.

Typisch Protnik! Dem waren sein Hefeweizen, der Sportteil der Zeitung und das aktuelle Fernseh-Programmheft wichtiger als jegliche Form von Kultur und Geschichte. »Na, den Jan Hus, den böhmischen Reformator!«

Protnik wiegte bedächtig den Kopf. »Na ja, den einen ist ein Erdgrab lieber, den anderen mehr die Feuerbestattung ... Also ich persönlich tendiere da auch mehr ...«

»Also jetzt mach aber mal einen Punkt, Sputnik!« Horst war sich einen Moment lang nicht sicher gewesen, ob Protnik ihn nicht auf die Schippe nahm. Aber nach dessen einfältig-ahnungsloser Miene zu schließen, war der tatsächlich so völlig unbefleckt von jeglicher historischen Erkenntnis. »Der Hus, den kennt doch jedes Kind!«

Protnik begriff, dass er wieder einmal einen Schuss voll daneben gesetzt hatte. »Der Kerl hat sich mir jedenfalls nicht persönlich vorgestellt!«

Horst war dem Wahnsinn nahe! »Geht ja auch nicht: das war ja auch schon vor fast 600 Jahren!«

»Na also, dann geht's ja auch gar nicht!«

»Was geht nicht?!«

»Dass der sich mir vorgestellt hat!«

»Oh, Protnik!« Horst stöhnte verzweifelt auf. »Also der Jan Hus war ein böhmischer Reformator, und den haben sie beim Konstanzer Konzil mit dem Versprechen auf freies Geleit hierher gelockt. Der Kaiser persönlich hat es ihm versprochen: und dann haben sie ihn angeklagt, ins Gefängnis geworfen und schließlich sogar auf dem Scheiterhaufen verbrannt! Die Stelle kann man noch heute besichtigen und das Konzil, also der Ort, wo die Versammlung stattfand und wo man sogar – zum einzigen Mal in der deutschen Geschichte übrigens – einen Papst auf deutschem Boden gewählt hat, das steht noch heute. Da drüben in der Nähe vom Bahnhof, das hast du doch gesehen, als wir dran vorbeigefahren sind in Richtung Schnetztor! So war das nämlich – und das sollte man eigentlich wissen!«

»Ich weiß nur, dass wir jetzt die nächsten sind, die sie ans Kreuz nageln werden«, brummelte Protnik säuerlich und zog die Tür der Polizeidirektion auf. »Also dann, bringen wir's hinter uns!«

»Halt, Moment mal!« Ein junger schmächtiger Mann kam auf sie zugelaufen. »Sind sie nicht die beiden Polizisten aus Heilbronn und Ulm, die hier einen Termin beim Polizeichef haben?«

Verwundert sahen sie sich an. »Scheinen ja lauter Hellseher hier zu wohnen«, knurrte Protnik ärgerlich. Herausfordernd glotzte er den anderen an. »Und wer sind Sie bitte, wenn ich fragen darf?«

Der nickte eifrig. »Dürfen Sie! Hier ist meine Visitenkarte, bitte schön! Mike Mägerle vom Mehrfunk ist mein Name!«

»Auch das noch!« Horst stöhnte gequält auf. »Ist das in Konstanz eigentlich üblich, dass da die Journalisten offenbar immer mehr wissen als die Polizei?«

Sein Gegenüber lächelte überlegen. »Schon möglich!«

»Und woher wissen Sie also, dass wir heute Abend einen Termin hier haben?«

Der Typ vom Privatradio lächelte immer noch: »Berufsgeheimnis! Aber so viel kann ich sagen: Konstanz ist ein Dorf, zumindest was die Informationsbeschaffung angeht! Ich weiß also alles – fast alles«, setzte er nach einer kleinen Pause hinzu.

»Und den Rest möchten Sie jetzt von uns erfahren, stimmt's?« Protnik trommelte ärgerlich an die Scheibe der Eingangstür.

Mägerle vom Mehrfunk nickte zustimmend. »Richtig! Zum Beispiel, weshalb Sie anscheinend nicht an einen Selbstmord bei ihrem Kollegen Grundler glauben!«

»Und sie denken, dass wir Ihnen das auf die Nase binden?« Horst fühlte, wie allmählich der Ärger in ihm aufstieg. Was glaubte der Radiofritze denn eigentlich?! Das war kein Sandkastenspiel im Privatfernsehen – das war bittere Realität, die sich hier abspielte!

»Weiß ich nicht! Ich weiß nur, dass ihr Kollege Grundler und mein Kollege Winter da an einem ganz dikken Ding dran waren und dass jetzt beide tot sind! Und dann weiß ich noch, dass es um irgendeinen Baggersee geht und dass die Pressestelle der Polizeidirektion auf Durchzug gestellt hat und permanent behauptet, das stimme nicht, da wäre nichts! Und dann«, er setzte eine bedeutungsvolle Miene auf, »dann weiß ich noch, dass der Polizeichef hier mit dem Landrat gut befreundet ist und der Landrat wiederum kennt einen der mächtigsten Kiesbarone im Kreis ganz hervorragend!« Vielsagend sah er sich um und senkte die Stimme: »Und außerdem ist der Kiesbaron wiederum Anteilseigner beim Mehrfunk, also bei meiner Radiostation. Was glauben Sie, was mir neulich unser Geschäftsführer erzählt hat, als ich eine Geschichte über den Kiesabbau bei uns im Landkreis machen wollte! Und wie er mich gewarnt hat, weiter mit ihrem Kollegen Grundler zu sprechen, als er mitgekriegte, dass ich mit dem telefoniert habe!« Wieder ließ er seinen Blick durch die Empfangshalle schweifen: »Sie sehen, auch ich muss vorsichtig sein! Und wenn Sie mir nicht glauben, dass mir's ernst ist: ich habe kein Aufnahmegerät dabei!« Damit lüftete er die Schöße seiner Jacke: »Also – ob sie's glauben oder nicht: mir geht es wirklich um etwas ganz Anderes! Das, was da gerade auf höchster Ebene gespielt wird, ist eine Riesensauerei! Aber mir sind die Hände gebunden – journalistisch meine ich! Und nachdem ich nun über meine Verbindungen in die Direktion hinein erfahren habe, dass Sie mittlerweile auch irgendwie drinhängen und überdies noch mit dem Grundler befreundet waren, da hab ich mir gedacht, ich muss Ihnen zumindest noch kurz vorher sagen, was Sache ist, bevor die Sie da oben fertigmachen! Und jetzt aber noch eine Frage«, damit sah er Protnik und Horst durchdringend an: »Glauben Sie allen Ernstes an diese Selbstmorde – an alle beide? Also ich glaube an keinen einzigen, dass das nur klar ist!!«

Horst war verblüfft: all diese Informationen und jetzt diese entschiedene Feststellung! Donnerwetter! Gerade wollte er zu einer Antwort ansetzen, da legte ihm Mägerle die Hand an den Oberarm: »Da hinten kommt jemand! Besser für meinen Job, wenn man uns nicht zusammen sieht!« Und schon war er verschwunden!

Die Stimme, die von ferne an sein Ohr drang, kam Horst bekannt vor: »Ach; da sind Sie! Und wir warten bereits seit fünf Minuten auf Sie!« Aha – Hofer war also auch mit von der Partie beim fröhlichen Schlachtfest! Er hätte es sich ja eigentlich denken können!

Aufmunternd versetzte er Protnik, der mit sorgenvoll-zerfurchter Stirn neben ihm stand, einen Klaps auf die Schulter: »Komm, Kollege! Bringen wir's also hinter uns!«

Kapitel XXII

Nach dem genauso exzellenten wie sündhaft teuren Abendessen (das würde kein billiger Urlaub werden, dessen war sich Horst mittlerweile schmerzhaft bewusst geworden!) waren sie mit der Autofähre von Konstanz nach Meersburg über den Bodensee zurückgefahren. Die verwunderten Blicke, mit denen Protniks verbeulter Astra mehr als einmal bedacht worden war, hatten sie geflissentlich ignoriert.

Stumm hingen sie ihren Gedanken nach während der Überfahrt auf der von einem leuchtenden, gelblich-weißen Vollmond beschienenen, beinahe glatten schwarzen Fläche des Bodensees. Das Donnerwetter in der Chefetage der Polizei war genauso verlaufen, wie sie das erwartet hatten: laut, heftig und unangenehm. Der Konstanzer PD-Chef – ein unangenehmer Zeitgenosse namens Ströbel mit stechenden, gelbgrünen Augen und dem massigen Körperbau eines Preisboxers – hatte zur Begrüßung nur kurz und kühl mit dem Kopf genickt, bevor er dem an der Telefonanlage neben dem Schreibtisch lauernden Schlotterbeck einen Wink gab: »Wir können also!«

Der drückte grinsend auf einen Knopf an der Anlage und legte den Hörer auf. »Sie sind da, meine Herren!«

Aha – schoss es Horst durch den Kopf: offensichtlich hatte man eine Telefonkonferenz geschaltet! Bevor er jedoch über die möglichen Teilnehmer hatte spekulieren können, war das Gewitter via Telefon auch schon losgebrochen. Steiner und Krauter, die beiden Chefs der Polizeidirektionen, in denen Horst und Protnik beschäftigt waren, meldeten sich in einer anscheinend vorher bereits festgelegten Reihenfolge nacheinander zu Wort und brachten ihr Missfallen über die Vorgänge der letzten Woche derart unmissverständlich zum Ausdruck, dass Horst sich fragte, ob man sich nicht die Telefongebühren hätte sparen können. Bei der Lautstärke müsste jetzt eigentlich halb Baden-Württemberg darüber Bescheid wissen, dass Horst und Protnik in diesem Augenblick nach allen Regeln der Kunst von ihren Chefs abgewatscht wurden!

Die beiden an den Pranger gestellten Kommissare blieben während der gesamten Prozedur erstaunlich gelassen, was sicherlich mit der Tatsache zusammenhing, dass sie durch den hastig anberaumten Freitagabend-Termin im Prinzip ja schon auf die Abreibung vorbereitet waren. Und ändern konnte man an den Tatsachen sowieso nichts! Außerdem war klar: jeder Versuch einer Verteidigung würde beim jetzigen Stand der Dinge als Meutereiversuch gewertet und dementsprechend abgestraft werden! Also bewahrte man besser die Ruhe und stellte die Ohren, soweit das angesichts der enormen Phonzahl, die da durch den Lautsprecher der Telefonanlage dröhnte, überhaupt möglich war. Das waren die Momente, in denen sich Horst zum wiederholten Mal fragte, welcher Teufel ihn denn damals geritten hatte, die Polizisten- beziehungsweise damit auch die Beamtenlaufbahn einzuschlagen! Irgendwann, das schwor er sich in solchen Augenblicken, irgendwann würde er den Bettel hinwerfen und seinen Lebenstraum verwirklichen: Bergsteiger auf den Malediven. Unwillkürlich musste er bei dem Gedanken daran, wie hoch der höchste Berg der Inselgruppe wohl sein mochte, fünf

Meter, zehn Meter oder womöglich gar 20 Meter, lächeln. Die Reaktion darauf folgte auf den Fuß: »Sie brauchen gar nicht so zu grinsen, Meyer!«, hatte ihm der Chef der Konstanzer Direktion mit hochrotem Kopf ins Gesicht geschleudert, »Ihnen wird das Lachen schon noch vergehen!«

In der Tat war der Eintrag in die Personalakte und die damit verbundene Abmahnung ein gravierender Tatbestand. Und die beiden Kollegen wussten: jetzt genügte der geringste Anlass, dann folgte die nächste Abmahnung und das konnte bedeuten, dass Horst seinem Lebenstraum schneller nahe gerückt war, als er das eigentlich vermutet hätte. Es war sicherlich kein Fehler, erst einmal den Personalrat einzuschalten, wenn er wieder in Heilbronn zurück war. Und Protnik wäre gut beraten, dasselbe zu tun. Außerdem musste der bei der Polizeigewerkschaft nachfragen, ob die das überhaupt so einfach ...

»Also dann, alter Schwede«, Protnik war zu ihm an die Reling getreten und hatte ihm mit seiner Pranke einen aufmunternden Klaps auf die Schulter versetzt, »dann wollen wir mal den Tag zu Ende bringen!« Und damit deutete er auf die direkt vor ihnen auftauchenden Lichter der Hafeneinfahrt des Meersburger Fährhafens. »Kommt!«, wandte er sich auch an die neben ihnen stehende Claudia. »Wir müssen wieder ins Auto zurück, die legen gleich an! Würde mich übrigens nicht wundern, wenn wir bei der Ausfahrt gleich von der Polizei in Empfang genommen würden«, setzte er mit einem frustrierten Blick auf die zerbeulten Reste dessen, was einmal seinen blitzblank gewienerten und gepflegten Wagen dargestellt hatte, hinzu.

»Habt ihr gesehen, wie die anderen uns angeglotzt haben, als wir ausgestiegen sind? Die haben sicher gleich die Polizei angerufen und gesagt, da sind ein paar Typen auf dem Schiff, die haben grade einen Crash gebaut!«

Horst rollte die Augen. »Also ehrlich gesagt habe ich für heute und für die ganze Woche Polizei genug genossen! Ich glaube, das war mehr als eine Überdosis! Mir reicht's jetzt wirklich!«

Damit setzte sich der Wagen in Bewegung und rumpelte langsam über den stählernen Bug ihrer Fähre auf die Straße.

»Sag mal«, Claudia sah ihren Mann fragend an und deutete mit dem ausgestreckten Arm auf die Meersburger Unterstadt direkt neben dem Fährhafen. »Hat der Thomas nicht da drüben gewohnt?«

Horst durchlief ein eisiger Schauder. Thomas! Schon bei der bloßen Erwähnung des Namens zuckte er zusammen. Traurig nickte er mit dem Kopf. »Stimmt! Da drüben, in der Wohnung neben dem Torbogen. Da, wo das Licht noch brennt!« Er spähte hinüber zu dem Fenster, hinter dem noch vor ein paar Tagen sein Freund Thomas Grundler gewohnt hatte.

»Arme Susanne!«, murmelte Claudia. »Was sie wohl gerade macht? Anscheinend kann sie nicht schlafen! Du«, damit drehte sie sich wieder zu Horst hinüber. »Sollten wir sie nicht einmal morgen besuchen? Was meinst du?«

Horst streckte abwehrend die Hände von sich. »Bloß nicht! Also ehrlich gesagt habe ich immer nur Kontakt zu Thomas gehabt. Mit Susanne bin ich nie so richtig warm geworden. Und seitdem die ihre Ehekrise hatten, habe ich

Sie sowie nicht mehr gesehen. Im nachhinein ist mir dies schon klarer, weshalb sie nie zuhause war, als ich mal Thomas besucht habe. Aber der hat erst diesesmal was dazu gesagt und jetzt«, er schüttelte betrübt den Kopf, »jetzt ist es ja sowieso zu spät!«

»Na ja, dann lassen wir's eben!« Claudia nickte. »So angenehm sind Kondolenzbesuche auch wieder nicht! Ich habe nur gedacht, falls du sie näher gekannt hättest ... Ich selber habe sie ja nur ein einziges Mal getroffen ...«

Horst nahm Claudias Hand und drückte sie sanft. »Ist schon recht! Ist ja nett von dir! Aber mir wird's, ehrlich gesagt, ganz anders im Magen, wenn ich nur an die Beerdigung denke ...«

Claudia erwiderte den Händedruck leicht. »Klar! Das verstehe ich! Steht denn schon ein Termin fest?«

Horst wiegte den Kopf. »Also gelesen habe ich noch nichts. Ich denke aber, das müsste am Dienstag oder am Mittwoch sein! Jetzt, wo sie die Leiche freigegeben haben, wie man uns heute erzählt hat. Nachdem es offiziell ein Selbstmord war ...«, fügte er bitter hinzu.

Protnik musterte ihn fragend aus dem Rückspiegel. »Sag mal, Horst! Hat der Thomas eigentlich Kinder gehabt?«

»Nein! Er wollte zwar immer Kinder, aber Susanne war offenbar dagegen. Im Nachhinein: Gott sei Dank! Nicht das auch noch!«

Der Wagen verlangsamte seine Fahrt und stoppte kurz darauf vor dem Eingang des Parkhotels. Überrascht sah Horst auf. »Wir sind ja schon da! Das ist aber schnell gegangen!«

»Na ja«, Protnik machte eine abschätzende Handbewegung. »Für mich ist der Abend noch nicht ganz vorbei. Ich muss noch ein gutes halbes Stündchen weiter fahren – zurück zum Wildenstein!«

»Blödsinn!«, widersprach Horst. »Du kommst jetzt mit und wir schauen, ob die noch ein Zimmer für dich haben. Und wenn nicht, dann schmuggeln wir dich zu uns mit rein und legen dich halt bei uns aufs Sofa! Du fährst mir nach dem Tag jetzt nicht mehr!« Energisch winkte er Protnik mitzukommen.

Doch der schüttelte entschieden den Kopf. »Kommt gar nicht in Frage! Die paar Kilometer schaffe ich schon noch und Millionär bin ich auch keiner«, lächelte er mit einem vielsagenden Blick auf die mit dickem rotem Teppich ausgelegte Eingangshalle des Parkhotels. »Und als Bettwurst bin ich wahrscheinlich auch nicht unbedingt zu gebrauchen! Nein, danke fürs Angebot, aber das schaffe ich schon noch!« Wie zur Unterstützung seiner Worte ließ er den Motor kurz aufheulen.

Claudia, die bei dem Gedanken an eine Nacht zu dritt, mit Protnik in einem Zimmer, leicht zusammengezuckt war, schien erleichtert. »Na gut, dann eben nicht!«, erwiderte sie. Horst blickte überrascht auf. War da etwa so etwas wie Bedauern in ihrer Stimme zu hören gewesen? Doch seine Ehefrau trug ihre beste Unschuldsmiene zur Schau. »Wann sehen wir dich dann wieder?«

Protnik wiegte den Kopf. »Wie wär's mit morgen am späten Nachmittag? Dann könnte ich nämlich vorher mal richtig ausschlafen – sofern das auf einer Jugendherberge wie dem Wildenstein überhaupt möglich ist«, setzte er hinzu. Nach Horsts Meinung durchaus zu Recht: in Sachen Ausschlafen wäre er vorsichtshalber skeptisch! Protnik schien zu überlegen. »Aber wie gesagt: so gegen Nachmittag, sagen wir 16 Uhr? Wie wär's da mit einem Eis auf der Meersburger Promenade?«

»Einverstanden!« Claudia fand den Vorschlag akzeptabel. »Aber lass es uns um eine Stunde nach hinten verschieben, dann können der Horst und ich vorher noch schön ins Ostbad gehen. Da war ich schließlich schon ewig nimmer. Da freue ich mich schon die ganze Woche darauf!«

»Meinetwegen – ist mir auch recht! Dann kann ich vorher noch eine Runde mit dem Fahrrad im Donautal drehen! Gut – also 17 Uhr! Und wo treffen wir uns?«

»Ach, das ergibt sich! So groß ist die Promenade in Meersburg auch wieder nicht. Ich würde sagen, wer zuerst da ist und einen Platz findet, reserviert für die anderen. Wir werden einander schon finden!«

Protnik war überzeugt. »Also gut. So machen wir's. Morgen Nachmittag um 17 Uhr irgendwo in irgendeinem Eiscafé in Meersburg, vorne am Wasser! Also: jetzt muss ich aber los! Macht's gut, ihr beiden!« Damit legte er den Gang ein und fuhr los.

»Armer Protnik!« Claudia warf dem zerbeulten Wagen einen mitfühlenden Blick hinterher. »Wo er doch immer so stolz auf sein Auto war und jeden Zentimeter poliert hat! Tja«, Horst wusste, was jetzt kommen würde – und es kam. »Wenn man euch beide einmal alleine lässt!« Kopfschüttelnd nahm sie seine Hand und zog ihn mit sich in die Eingangshalle des Parkhotels.

Kapitel XXIII

Der nächste Morgen begann vielversprechend. Gleißend heller Sonnenschein drang durch die Vorhänge in das Hotelzimmer. Zufrieden gähnend streckte sich Horst auf dem Bett aus. »War das schön! Ich habe geschlafen wie ein Murmeltier!« Er drehte sich in Claudias Richtung und tastete mit dem Arm auf die andere Seite. Doch außer der Bettdecke spürte er nichts. Verdutzt richtete er sich auf und stierte auf das leere Bett neben ihm. Claudia war anscheinend schon längst aufgestanden.

»Na, du Siebenschläfer!« Grinsend kam sie aus dem Badezimmer – fix und fertig angekleidet, geschminkt und frisiert. »Das wird ein wunderschöner Tag heute – Zeit zum Aufstehen!« Energisch ging sie zum Fenster und zog die Vorhänge zurück.

Horst blinzelte seiner Frau unsicher zu. »Du meine Güte, bist du aber ungemütlich. Da habe ich mich auf ein entspanntes, stressfreies, gemütliches Aufwachen gefreut, und jetzt tobst du schon im Zimmer herum wie aufgedreht!« Er streckte die Arme weit auseinander. »Komm doch erst mal zu mir und lass dich drücken!«

Doch Claudia schüttelte energisch den Kopf. »Kommt überhaupt nicht in Frage! Jetzt wird aufgestanden, aber zack-zack! Der Tag ist viel zu schön, als dass man ihn im Bett verbringen sollte! Außerdem ist heute Samstag, da ist sicher nachher im Strandbad die Hölle los. Also, wenn wir nicht um spätestens 11 Uhr dort sind, dann kriegen wir mit Sicherheit keinen Parkplatz mehr.« Sie warf einen kritischen Blick auf ihre Armbanduhr. »Da, bitte. Jetzt ist es schon halb neun. Höchste Zeit, aufzustehen! Das Frühstück wartet!« Damit packte sie Horsts Bettdecke und zog sie auf den Boden.

Der stöhnte gequält. »Halb neun! Ich fasse es nicht! Und das mitten im Urlaub!« Wieder streckte er die Arme aus. »Komm doch erst mal zu mir und gib mir einen Guten-Morgen-Kuss!«

Doch da war nichts zu machen! Wieder Kopfschütteln! »Nichts da! Raus aus den Federn! Außerdem habe ich mir heute Nacht überlegt, dass wir nach dem Frühstück noch zu Frieder nach Nußdorf fahren müssen! Dem sollten wir eine gute Flasche Wein mitbringen, um den Schaden, den du da angerichtet hast, wenigstens einigermaßen wieder gutzumachen! Und dann können wir ja auch nicht gleich wieder verschwinden, das heißt: das alles kostet eine Menge Zeit! Und ums Rumgucken ist es dann 11 Uhr und der Strandbad-Parkplatz ist megavoll!« Streng blickte sie auf ihren Ehemann herunter und verzog leicht ihre Mundwinkel. »Mein Mann, das unbekannte Wesen! Kaum allein, schon demoliert er Autos und Wohnwagen, vergrault seinen besten Freund und lässt sich eine Abmahnung verpassen: mitten im Urlaub! Und nebenbei ersäuft er auch noch fast im Bodensee! Also!«, sie machte eine energische Handbewegung, »raus jetzt zum Essen fassen! Auf, zu neuen Taten!«

Mit einem Seufzer ergab sich Horst in sein Schicksal und schwang sich aus dem Bett. »Damit die arme Seele Ruhe hat!«

Wenn er gewusst hätte, wie stürmisch dieser Tag verlaufen würde – keine zehn Pferde hätten ihn dann aus der Koje gebracht!

Kapitel XXIV

Mit leicht erhöhtem Puls bog Horst in Nußdorf um die Kurve, hinter der sich das Gelände des Bauernhofes befand, in dem Frieder seinen Wohnwagen abgestellt hatte. Hoffentlich hatte der sich in der Zwischenzeit einigermaßen beruhigt und überdies seine Rostlaube wieder herstellen können. In einem Überlinger Getränkehandel am Burgberg hatten sie etxra noch drei Flaschen Rotwein besorgt, Frieders Lieblingsmarke, um sich den gefrusteten Wohnwagenbesitzer damit wenigstens wieder ein wenig gewogen zu machen.

»Mit Speck fängt man bekanntlich Mäuse!«, hatte Claudia verlauten lassen und ihrem Gatten gleichzeitig einen strengen Blick zugeworfen, als der nach einem Überprüfen der Preisschilder am Rotweinregal des Getränkemarktes zu bemerken gewagt hatte, dass er eigentlich schon zu Beginn seines Aufenthaltes am Bodensee in weiser Voraussicht eine ganze Batterie Lemberger trocken im Wohnwagen gelagert hätte. Und seiner Meinung nach brauche man sich da doch bloß aus dem bestehenden Vorrat zu bedienen und dem Frieder drei Flaschen davon in die Hand zu drücken. »Kommt überhaupt nicht in Frage, die Sparaktion da! Was ist das denn für ein Bild, wenn wir mit leeren Händen vor dem Frieder auftauchen!«

»Aber der hat doch im Wohnwagen ...«, ein weiterer Blick von Claudia genügte, um Horst verstummen zu lassen. Ergeben fügte er sich fürderhin in sein Schicksal, auch wenn ihm die 49 Mark 90 (Sonderangebot hatten die das genannt!) für drei Flaschen Lemberger trocken, Heilbronner Staufenberg Spätlese, doch reichlich heftig erschienen waren. Hätte er den Frieder doch vor Jahren bei seinem Trollinger im wahrsten Sinn des Wortes versauern lassen: die Literflasche um vier Mark fünfzig (und das auch noch inklusive Pfand)! Aber nein, er hatte ja im Überschwang seiner Heilbronner Lemberger-Begeisterung gemeint, ihn unbedingt bekehren zu müssen! Selber schuld! Das hatte er nun davon!

Sie stellten den Wagen am Haus des Bauernhofes ab und Horst nahm die drei Flaschen vom Rücksitz. In diesem Moment wurde die Tür des Hauses geöffnet und der Besitzer des Stellplatzes kam eilfertig auf die Meyers zu. »Herr Meyer, Herr Meyer! Da sind Sie ja endlich!« Aufgeregt wedelte er dabei mit einem Briefumschlag in der Luft herum.

Verdutzt schauten sich die beiden an. Hatten sie denn eine Verabredung mit dem Bauern gehabt oder weshalb hatte der es denn plötzlich so eilig?! Der war doch sonst nicht gerade von der schnellen Truppe!

»Da schauen Sie, das ist gestern für Sie abgegeben worden!« Hektisch deutete er dabei mit dem Zeigefinger auf den Briefumschlag. »Ein Brief für Sie! Und wenn ich nicht zufällig dagewesen wäre, dann hätte ihn der Briefträger wieder mitgenommen! Weil der doch ihren Namen gar nicht gekannt und deshalb gemeint hat, er sei falsch adressiert gewesen! Aber da bin ich gerade noch rechtzeitig dazu gekommen und habe ihm dann auch gleich sagen können ...«

Horst unterbrach den Wortschwall seines Gegenübers. »Ein Brief? Für mich? Sind Sie sicher?«

Der Bauer nickte heftig. »Natürlich für Sie! Horst Meyer, Kriminalkommissar! Das sind Sie doch, oder?« Kumpelhaft kniff er mehrfach sein rechtes Auge zu, wie um Horst Vertraulichkeit zu signalisieren.

Der jedoch war immer noch nicht überzeugt. »Komisch! Wer weiß denn schon, dass ich hier bin? Lassen Sie mal sehen!« Damit nahm er den Briefumschlag in die Hand und betrachtete ihn eingehend.

»Tatsächlich – Horst Meyer, Kriminalkommissar, zur Zeit Nußdorf ...«

»Von wem ist er denn?«, mischte sich nun auch Claudia in die Debatte.

»Keine Ahnung!« Horst drehte den Briefumschlag um, aber auch da war kein Absender zu finden. »Hmm«, schnaubte er ärgerlich. »Das haben wir ja gern! Auch noch ein anonymer Absender!«

»Vielleicht steht der drin, lassen Sie mal sehen!« Der Bauer schien gespannt zu sein wie ein Flitzebogen und machte Anstalten, Horst den Brief wieder aus der Hand zu nehmen.

Der Kommissar bemerkte das Vorhaben noch rechtzeitig und drehte sich mit dem Oberkörper rasch in Richtung Claudia. »Mal sehen«, brummte er und riss den Briefumschlag mit dem Zeigefinger auf. Angestrengt starrte er auf das zusammengefaltete Briefpapier, auf dessen linker oberer Ecke der Absender in kaum leserlicher winziger Kursivschrift eingedruckt war. Er musste das Blatt näher an die Augen halten, um die Schrift entziffern zu können. Wahrscheinlich war es allmählich doch so weit, dass er eine Brille brauchte! Er stieß ein ärgerliches Grunzen aus, aber da war halt wohl nichts zu machen.

»Oh!« Claudia hatte den überraschten Ausruf von sich gegeben. Sie und Horst hatten praktisch gleichzeitig registriert, um wen es sich beim Absender des Briefes handelte.

»Das ist doch der, den ihr gestern ...«

Gerade noch rechtzeitig legte Horst den Zeigefinger an die Lippen und ließ Claudia einen warnenden Blick zukommen.

Ein eiskaltes Grausen überfiel ihn. Der Brief eines Toten, adressiert an ihn, Horst Meyer. Ein Brief von gestern oder vorgestern, obwohl sie noch vorgestern ausgemacht hatten, sich gestern treffen zu wollen. Doch da war es schon zu spät gewesen! Der Brief stammte von Alex Winter, dem Journalisten, der offenbar mehr gewusst hatte als seiner Gesundheit zuträglich gewesen war ...

Hastig überflog er den mit engem Zeilenabstand in sichtlicher Zeitnot geschriebenen Brief. Danach ließ er die Hand, in der er den Brief gehalten hatte, sinken und atmete tief durch. Claudia schaute ihn betroffen an, sagte aber nichts, sondern ließ ihm Zeit, um das gerade Gelesene zu verarbeiten.

»Na, Herr Meyer, alles klar?« Forschend blickte ihm der Bauer ins Gesicht und schreckte Horst so aus seinen Gedanken.

Ohne auf die Frage einzugehen, nickte er Claudia eine stumme Aufforderung zu und drehte sich um. Nur Sekunden später schoss der Wagen der Meyers mit aufheulendem Motor um die Kurve zurück in Richtung Überlingen, gefolgt von einem verwunderten Kopfschütteln des Stellplatzvermieters. »Leute gibt's ...« Na ja, der sollte bloß noch einmal kommen und irgendwas von ihm wollen! Damit schlurfte der Bauer ins Haus zurück! Und dem Frieder mit seinem Wohnwagen, mit dem würde er auch noch ein Hühnchen zu rupfen haben: also solche Typen, unfreundlich und außerdem noch schlampig – man musste ja bloß an das kaputte Fenster denken – die brauchte der einem nicht mehr anzuschleppen! Nicht auf seinem eigenen Grund und Boden! Sonst wäre es Schluss mit der Wohnwagenherrlichkeit: aber ruck-zuck!!!

Wenige hundert Meter hinter dem Bauernhof brachte Horst den Wagen wieder zum Stehen. »So ein neugieriges Aas aber auch! Der hätte mir glatt den Brief aus der Hand genommen und hinterher im ganzen Dorf herumerzählt, was da drinsteht!« Mit einer entschiedenen Handbewegung holte er das Handy aus dem Handschuhfach und sah Claudia entschuldigend an. »Tut mir leid, aber jetzt muss ich die Lawine ins Rollen bringen! O.K.?«

Claudia nickte. »Verstehe ich! Das muss jetzt schnell gehen! Aber unter einer Bedingung: ich lasse mich nicht wieder absetzen wie gestern, wie einen nassen Sack! Ich komme mit!«

»Aber ...« Doch Horsts Widerspruch wurde schon im Keime erstickt.

»Ich komme mit und damit basta!« Da war nichts mehr zu machen – und ehrlich gesagt – warum denn eigentlich nicht?

Horst tastete nach einem Zettel, der ebenfalls im Handschuhfach deponiert war. »Also gut, abgemacht! Dann sag mir doch gleich mal die Nummer, die auf dem Zettel steht!«

Horst tippte die Ziffern, die Claudia ihm nannte, in sein Handy. Dann drückte er die grüne Wähltaste. Es dauerte nur Sekunden, bis sich am anderen Ende der Leitung die Vermittlung der Polizeidirektion Konstanz meldete. »Ihren Chef bitte, den Herrn Ströbel! Oder seinen Stellvertreter! Und schnell, bitte! Es ist dringend!«

Kapitel XXV

Als Horst und Claudia eine knappe Stunde später vor dem Büro des Kiesunternehmens in Gottmadingen eintrafen, erfassten sie mit einem Blick, dass hier schon seit geraumer Zeit ganz offensichtlich die Hölle los war. Die Polizei in Konstanz hatte nach Horsts Gespräch mit Polizeioberrat Ströbel anscheinend blitzschnell reagiert. Ein halbes Dutzend Streifenwagen mit blinkenden Blaulichtern, flankiert von gut noch einmal einem halben Dutzend zivilen Einsatzfahrzeugen, standen kreuz und quer auf der Straße vor der Firma und hatten die Einfahrt zum Bürotrakt der »Bodenseekies« hoffnungslos blockiert.

»Das war aber Maßarbeit!«, murmelte Horst überrascht, nachdem er sich einen ersten Überblick über die Situation verschafft hatte. Er deutete auf uniformierte Polizeibeamte, die, bis unter das Kinn beladen, hunderte von Aktenordnern aus dem Büro herausschleppten und sie in ihren Fahrzeugen verstauten. »Die scheinen ja einen Staatsanwalt von der ganz fixen Truppe gehabt zu haben, wenn der innerhalb von nicht mal einer Stunde einen Durchsuchungsbefehl unterschreibt und sich die Truppe dann auch schon in Marsch setzt! Donnerwetter!«

Auch Claudia schien beeindruckt. »Donnerwetter! Als wenn sie regelrecht in den Startlöcher gestanden und nur auf deinen Anruf gewartet hätten!«

»Stimmt! Das ist mir als Erstes auch durch den Kopf geschossen, als ich das hier gesehen habe. Also eines wird mir immer klarer: da stinkt es irgendwo ganz gewaltig und ich fürchte«, damit drehte sich Horst zu Claudia herum und musterte sie ernst, »ich fürchte, der Gestank kommt nicht nur aus dieser Tür heraus!«

Claudia nickte zustimmend. »Da scheinst du Recht zu haben! Aber ich bin gespannt, was jetzt als Nächstes passiert!«

Sie erfuhr es augenblicklich: Im selben Moment nämlich stürmte der Preisboxer, der Horst und Protnik gestern Abend nach allen Regeln der Kunst einen Kopf kürzer gemacht hatte, aus der Tür des Bürogebäudes, gefolgt vom inzwischen wohlbekannten Duo Hofer/Schlotterbeck, und musterte die beiden Neuankömmlinge finster.

»Na, da haben Sie schwer etwas losgetreten«, bellte er Horst ins Gesicht, ohne sich auch nur im Geringsten um irgendeine Begrüßungsfloskel zu bemühen. »Ich kann Ihnen sagen: wenn das alles eine Ente gewesen ist, dann Gnade Ihnen Gott, dann können Sie künftig Mülltonnen leeren oder Gehwege fegen!« Böse glotzte er ihm in die Augen.

» ... oder dann doch Bergsteiger auf den Malediven werden!«, murmelte Horst leise vor sich hin.

»Wie? Was werden?«, irritiert stierten die drei anderen in seine Richtung.

Horst hob abwehrend die Arme. »Nichts! Schon gut! Übrigens Claudia«, damit drehte er sich leicht seiner Frau entgegen und wies dann mit einer leichten Handbewegung auf die vor ihm stehenden Beamten, »das hier ist der Herr Ströbel von der Polizeidirektion Konstanz und die beiden anderen Herren sind die Kollegen Hofer und Schlotterbeck.« Er deutete mit einer leichten Bewegung seines Oberkörpers eine Verbeugung an. »Gestatten die Herren, meine Frau, Frau Dr. Meyer!«

Ein leichtes Flackern in Ströbels Augen verriet Horst die Überraschung, die er beim Konstanzer Polizeichef mit dieser Bemerkung hervorgerufen hatte. Doch Ströbel war Profi genug, um sofort wieder zur Tagesordnung übergehen zu können. »Angenehm! Also Meyer, eines ist Ihnen doch hoffentlich klar: wenn auch nur ...«

Doch weiter kam er nicht. Im selben Moment nämlich wurde die Tür des Bürogebäudes ein weiteres Mal geöffnet und ein untersetzter Endfünfziger mit Froschgesicht, das durch sein knallbuntes grünes Hemd nachdrücklich unterstrichen wurde, kam heraus. »Ströbel! Herr Ströbel! Da stecken Sie also!«

Die Gesprächsrunde drehte sich um. »So, nun kann's ja losgehen«, zischte Ströbel leise, während er laut erwiderte: »Ja – ich habe hier einen Kollegen begrüßen müssen. Darf ich vorstellen: Herr Dr. Hefter!«

Der so Vorgestellte senkte zur Begrüßung kurz den Kopf und musterte die Fremden mit unverhohlener Neugier, während ein leicht zynisches Lächeln seine Mundwinkel umspielte: »Hefter, Dr. Hubert Hefter. Inhaber der ›Bodenseekies‹. Und mit wem habe ich das Vergnügen?«

Horst schluckte trocken. Der Kerl schien ja mit allen Wassern gewaschen! Nicht die Spur von Aufregung, keinerlei Anzeichen von Nervosität! Was, wenn die Spuren und Hinweise, die Winter in seinem Brief so detailliert aufgelistet hatte, doch ins Leere stießen?! Was, wenn Winter einer absichtlich ausgelegten falschen Fährte gefolgt war, die ein für allemal von den wirklichen Vorkommnissen und den wahren Hintermännern ablenken sollte?! Nein! Horst gab sich innerlich einen Ruck und straffte den Oberkörper: das durfte einfach nicht sein – wieso hatten sie denn dann auch Alex Winter ermordet? Wenn er sich nicht doch ... Nein, Schluss jetzt! »Mein Name ist Meyer, Horst Meyer«, stieß er heiser hervor. »Und das ist meine Frau, Frau Dr. Meyer!«

Hefter pfiff leise durch die Zähne. »Ach so ist das! Sie sind also der Herr Meyer, dem ich das alles hier zu verdanken habe!« Er vollführte eine weit ausladende Handbewegung. »Na, wenn sie sich da nur nicht verhoben haben!« Zu Horsts Überraschung donnerte er ihm kumpelhaft-jovial seine schwere Pranke auf die Schulter. »Na, dann kommen Sie erst mal rein und stärken Sie sich bei einer Tasse Kaffee, bevor das Spießrutenlaufen losgeht. Ach schauen Sie, da kommt auch schon die Presse!« Heftig gestikulierend winkte er einem jungen schmächtigen Mann zu, der gerade eben aufgetaucht war.

»Grüß Gott, Herr Mägerle! Sie kommen grade recht zu einer Tasse Kaffee!« Immer noch dieses unangenehme Dauerlächeln im Gesicht begrüßte er den Neuankömmling mit einem kräftigen Händedruck. Der Reporter vom Privatradio lächelte Horst einen gequälten Gruß zu und umklammerte mit der freien Hand krampfhaft sein Aufnahmegerät, auf dem ein großer Aufkleber mit dem Logo des »Mehrfunk« prangte. Horst spürte es deutlich: auch Reporter schienen ihren Beruf in bestimmten Situationen zu hassen!

»Ach ja, das wollte ich Ihnen vorhin noch sagen«, wandte sich das Froschgesicht dem Polizeichef zu. »Unser

Freund Roland wird auch gleich hier sein!« Ströbel nickte stumm. Als er den irritierten Ausdruck in Horsts Augen bemerkte, fühlte er sich anscheinend zu einer Erklärung genötigt. »Roland Bär, der Landrat!«

Der auch noch, das konnte ja heiter werden! Hilfesuchend warf Horst dem Radioreporter einen Blick zu, doch der stierte nur in tiefer Resignation auf den Boden. Er schien bereits zu wissen, was er zu berichten hatte und war nur deshalb hierherzitiert worden, um die für den Bericht notwendigen Originalzitate der Beteiligten aufzunehmen.

»Also dann, meine Herren! Und natürlich auch meine Dame«, setzte der offenbar bestens gelaunte Kiesbaron mit einem Entschuldigung heischenden Blick auf Claudia hinzu, »gehen wir hinein und trinken wir einen Kaffee zusammen!« Damit breitete er die Arme aus und schob die ganze Versammlung vor sich her zum Eingang des Büros der »Bodenseekies«.

Die Szene war ja geradezu unwirklich-grotesk! Kaffeekränzchen beim Hauptverdächtigen! Horst schickte ein Stoßgebet zum Himmel! Bitte, bitte lass es wahr sein! Lass die Behauptungen von Alex Winter zu Beweisen werden!

»Ich sage dir, da ist es zugegangen wie im Taubenschlag! Und der Kiesbaron mittendrin und lächelt selig, während die Polizei ihm den ganzen Laden auf den Kopf stellt! Ich hab geglaubt, ich bin im falschen Film!« Immer noch musste Horst unwillkürlich den Kopf schütteln, wenn er an den heutigen Mittag im Büro der »Bodenseekies« in Gottmadingen dachte. »Und dann noch der Landrat und der Polizeichef: übrigens alles gute alte Rotary-Freunde! Da weiß anscheinend jeder von jedem alles – oder zumindest so viel, dass er mühelos die richtige Leiche aus dem Keller holen kann, wenn's ungemütlich wird! Und deshalb wird da keiner dem anderen weh tun! In hundert Jahren nicht!« Horst stierte unglücklich vor sich auf den Tisch. »Und dann noch mittendrin unser Reporter, der ganz genau weiß, was da abgeht! Aber wenn er auch nur ansatzweise den Mund aufmacht oder wenn sein Bericht im Radio anders ausfällt, als es dem Hauptanteilseigner am »Mehrfunk«, also dem Kiesbaron, zusagt, dann kann er seinen Job vergessen! Das weiß der ganz genau, das habe ich dem auf zehn Kilometer Entfernung angesehen! Scheiß Privatfunk!« Zornig hieb Horst so heftig mit der Faust auf den Tisch, dass sich die Gäste an den Nachbartischen verwundert umdrehten.

»Aber trotzdem!« Protnik schüttelte säuerlich den Kopf und bedachte die beiden Meyers mit einem vorwurfsvollen Blick. »Ich finde trotzdem, dass ihr mir hättet Bescheid sagen müssen, als ihr dahin gefahren seid! Also, das hätte ich schon von euch erwartet!« Beleidigt zog er sich wieder in sein Schneckenhaus zurück.

Während Claudia sich geschickt aus der Affäre zog, in dem sie sich wieder in die Lektüre des Seekuriers vertiefte – sie hatten das alles vor einer Viertelstunde schon einmal durchgekaut, als sie sich bei der längeren Suche nach einem freien Platz in einem der Eiscafés auf der Meersburger Seepromenade getroffen hatten –; versuchte Horst mit einem neuen Anlauf, den so sehr verschnupften Kollegen zu besänftigen.

»Also Sputnik, jetzt glaub mir doch endlich: ich wollte dich ja anrufen, aber dein Handy war ausgeschaltet!«

»Wozu gibt's für solche Fälle eine Mailbox?«, brummelte Protnik in sich hinein.

So ganz allmählich wurde es Horst zu dumm: »Weil ich so eine Geschichte als Polizeibeamter nie und nimmer auf eine Mailbox sprechen würde! Und so viel Polizist bist du auch, dass du das verstehst!«

Überrascht schaute Protnik auf, versuchte aber noch ein letztes Mal, sein Schneckenhaus zu verteidigen: »Und was ist mit dem Telefon auf dem Wildenstein? Dann hättest du halt direkt da angerufen und mich holen lassen!«

»Ich habe aber in meinem Auto kein Telefonbuch!« Wieder ließ Horst seine Faust auf den Tisch niederfahren und wiederum handelte er sich damit erboste Blicke der anderen Gäste ein. »Und ich bin auch kein solches Genie wie offensichtlich du und kann mir alle Telefonnummern auswendig merken! Außerdem haben wir es eilig gehabt, zu Recht, wie ich dir ja bereits erzählt habe. Fast die ganze Gesellschaft war ja schon versammelt, als wir angekommen sind. Glaub das jetzt, oder lass es bleiben!« Verstimmt wandte er sich ab und starrte auf den See hinaus.

Protnik merkte, dass es jetzt an der Zeit war, sich aus dem Schmollwinkel heraus zu begeben. »Also gut, ist ja schon gut so!« Er blickte sich suchend um. »Aber was machen die hier eigentlich mit dem Eis? Müssen die erst zum Bauern und eine Kuh melken, oder was? Also, so lange ...«

Ein überraschter Ausruf Claudias unterbrach ihn. »Na schau mal einer an! Der hat ja wirklich überall die Finger im Spiel!« Damit breitete sie die Zeitung auf dem Tisch vor ihnen aus und deutete auf ein Foto im Lokalteil. Darauf waren zwei Strahlemänner abgebildet, die sich offensichtlich kräftig die Hände zu schütteln schienen. Über den beiden prangte an der Wand ein stilisierter Lorbeerkranz, der die Zahl 25 umrahmte: es handelte sich um das 25-jährige Jubiläum der Tauchschule »Devil Divers« aus Konstanz. Die Bildunterschrift klärte die Leser über die bedeutungsvolle Tatsache auf, dass der eine Strahlemann (der stolze Besitzer der Tauchschule) vom anderen Strahlemann neben den herzlichsten Glückwünschen zum 25-Jährigen auch noch einen Scheck über 5000 Mark überreicht bekommen hatte, mit denen er die schon lange geplante Ausbildung seiner Schüler zu Rettungstauchern im Interesse der Allgemeinheit intensivieren konnte.

Auch Horst hatte sich interessiert über die Zeitung gebeugt. »Na, da wird doch der Hund in der Pfanne verrückt!« Wieder hieb er mit der Faust auf den Tisch, doch die Nachbarn schienen sich allmählich daran gewöhnt zu haben, dass da einer neben ihnen saß, der mit einer seltenen Nervenkrankheit geplagt war, die ihn offenbar alle 60 Sekunden zu unkontrollierten Faustschlägen auf die Tischplatten von Eiscafés trieb. »Das ist er, Protnik, da guck: das ist der Hefter, der Kiesbaron!«

Protnik griff sich die Zeitung. »Aha – also so schaut der aus! Der Sonnyboy in Person!«

Horst nickte heftig. »Sag ich doch! Der würde wahrscheinlich auch noch lächeln, wenn er dir das Messer zwischen die Rippen stoßen würde, da wette ich! Und jetzt ist er also auch noch großartiger Mäzen im Tauchsport! Ich bin gespannt, wie lange noch!« Damit lehnte er sich zurück und ließ seinen Blick gedankenverloren über die Promenade schweifen.

Claudia nahm den Gesprächsfaden auf. »Du hättest den sehen müssen, wo der Polizist mit der Akte angekommen ist!«

Irritiert blickte Protnik von der Zeitung auf: »Welche Akte?«

»Na die, aus der klar hervorgeht, dass die Firma »Bodenseekies« insgeheim wieder mal – wie schon öfter – ihre Kiesgrube ganz einfach zehn Meter tiefer ausgebaggert hat, als das vom Landratsamt erlaubt worden ist!«

Protnik zuckte die Achseln. »Na und? Das kostet den doch höchstens ein Butterbrot und außerdem sind der Hefter und der Landrat ja anscheinend ganz dicke Freunde – Rotaryfreunde!«, fügte er zynisch lächelnd noch hinzu.

»Abwarten! Ich bin noch nicht fertig.« Claudia atmete noch einmal tief durch, bevor sie weitersprach. »Also: das mit dem viel zu tiefen Baggersee ist gar nicht das entscheidende Problem ...«

Doch wieder wurde sie von Protnik unterbrochen. »Wie Baggersee? Ich denke, es handelt sich um eine Kiesgrube? Was jetzt: Baggersee oder Kiesgrube?«

»Beides! Aus jeder Kiesgrube, kannst du im Groben und Ganzen sagen, wird hier unten ein Baggersee. Der Grundwasserspiegel ist so hoch, da läuft dir fast jedes Loch, das du ausbaggerst, zum Baggersee voll. Also – verstanden?«

Protnik nickte stumm.

»Gut!« Noch einmal holte sie tief Luft. »Der Baggersee ist zehn Meter tiefer als erlaubt, die »Bodenseekies« hat also einen viel höheren Gewinn gemacht – und das wahrscheinlich an der Steuer vorbei –, als das ursprünglich geplant war. Aber: jetzt kommt's! Das alles war ein Klacks gegen den Gewinn, den sie mit der illegalen Beseitigung von Sonderabfall gemacht haben!« Claudia machte eine bedeutungsschwere Pause. »Dem Hefter gehört nämlich nicht bloß die Kiesfirma, sondern auch noch eine Entsorgungsfirma. Mit der bedient er den halben Landkreis!«

»Kunststück, bei den Beziehungen!«, brummte Protnik.

»Eben. Aber dass die Akte, die sie beschlagnahmt haben, beweist, dass der Thomas Grundler auf der richtigen Spur war, das ist jetzt der eigentliche Hammer. Die Entsorgungsfirma ›Seerein‹ hat nämlich nicht bloß die Mülltonnen vor dem Haus geleert, sondern auch noch eine Tochterfirma gehabt, wie das heute halt so üblich ist. So viele Firmen gründen, bis kein Steuerprüfer und kein Staatsanwalt mehr durchblickt!« Claudia sah auf. »So ist das eben! Alles klar bis dahin?«

Protnik hob auffordernd das Kinn. »Klar! Mach weiter!«

»Also: bei dieser Tochterfirma der ›Seerein‹ handelt es sich um das Unternehmen ›Seaclean‹ ...«

»Wie originell ...«

»Eben! Auf jeden Fall hatte die ›Seaclean‹ einzig und allein den Zweck, Sonderabfälle einzusammeln: hauptsächlich wieder – man höre und staune – in Einrichtungen, die der Landkreis betreibt, also zum Beispiel in Krankenhäusern!«

»Na, fantastisch!«

»Ist ja zunächst mal nichts dagegen zu sagen und mit Sicherheit so leicht auch nichts zu beweisen, was da in Richtung Mauschelei und so weiter deuten könnte. Die ›Seaclean‹ befreite also das Krankenhaus in Konstanz in diesem Fall von seinen radioaktiven Abfallprodukten, wie sie beim Röntgen und so weiter halt anfallen. Diese Produkte sollten von der ›Seaclean‹ entsorgt werden, so wie es das Gesetz eben vorschreibt!«

»Aha! Da also liegt der Hase im Pfeffer!« Protnik schüttelte den Kopf. »Und da haben sie halt ein bisschen was falsch verstanden und aus Versehen halt die Soße in den Baggersee gekippt – richtig?«

»Richtig!« Claudia rieb den Daumen ihrer rechten Hand am Zeigefinger. »Und damit zufälligerweise halt auch ein bisschen mehr verdient! Und das seit ein paar Monaten schon!«

Horst stützte sich mit beiden Hände auf die Tischplatte. »Und genau dieser Sauerei ist Thomas Grundler auf die Spur gekommen, deshalb hat er auch dort im Baggersee getaucht – ganz allein übrigens, weil er keinem mehr getraut hat. Weil zum Beispiel die Wasserproben, die er dort gezogen hat, sich im Labor in ganz normales unbelastetes Bodenseewasser verwandelt hatten. Er hat es zwar nie beweisen können, dass die Proben vertauscht worden sind, aber er hatte eindeutige Anhaltspunkte, dass es so war. Und jetzt war er kurz davor, die Bombe hochgehen zu lassen! Als er gemerkt hat, dass auch Alex Winter hinter einer Story um den Kiesbaron herum dran war, da haben sie vorsichtig und misstrauisch, wie die beiden waren, die ersten Informationen ausgetauscht. Die wollten sie erst mal überprüfen und auf ihren Wahrheitsgehalt abklopfen: wie gesagt, das war ja schließlich ein Riesending! Leider haben sie sich zu viel Zeit gelassen«, bitter verzog Horst das Gesicht. »Und das hat sie ihr Leben gekostet!«

Eine Zeitlang blieben sie regungslos am Tisch sitzen, bis schließlich Protnik die Stille unterbrach. Suchend blickte er sich um. »Was ist denn jetzt mit den Eisbechern? Hallo Bedienung! Aha, sie hat genickt! Na hoffentlich wird das noch was heute!« Damit wandte er sich wieder Claudia zu und deutete mit dem Zeigefinger auf das Foto in der Lokalzeitung. »Immerhin wird der dann so schnell keine solchen schönen Spendenfotos mehr von sich machen lassen können, unser Kiesbaron!«

»Von wegen!« Claudia schnaubte empört. »Der ist, wie es den Anschein hat, völlig aus dem Schneider! Denn erstens gehören ihm noch eine ganze Reihe anderer Firmen, zweitens hat er natürlich von all dem überhaupt nichts gewusst und drittens geht aus der beschlagnahmten Akte klipp und klar hervor, dass sämtliche Unterschriften und

Anweisungen nur von seinem Geschäftsführer – ein Kerl namens Wälder – vorgenommen worden sind. Und der ist momentan nicht aufzufinden!«

»Das glaube ich nicht! So einfach kann das doch nicht ausgehen!« Protnik schnappte nach Luft.

»Wird es aber!«, beruhigend legte ihm Horst die Hand auf den Unterarm. »Da kannst du Gift darauf nehmen. Schließlich ist der arme Dr. Hefter jetzt völlig außer sich vor Empörung und hat als Erstes seinen Geschäftsführer gefeuert, in dessen Abwesenheit! Und natürlich wird er den Schaden – wenn es sein muss auch aus der eigenen Tasche – unverzüglich wiedergutmachen. Er ist ja schließlich ein Ehrenmann!« Auch in Horst stieg Bitterkeit auf, wenn er daran dachte, wie schnell sich der Kreis wieder geschlossen hatte und Landrat samt Polizeichef verständnisinnig ihren Rotary-Freund beschwichtigt hatten. »Und selbstverständlich darf nichts nach draußen dringen – ist ja klar! Das wäre dann Geschäftsschädigung, wo der Arme doch nichts dafür kann und nur sein verbrecherischer Geschäftsführer, der wahrscheinlich längst auf der Flucht ist, Kenntnisse über die Umweltsauerei gehabt hat!« Missmutig ballte er die Fäuste.

»Ist ja nicht zu fassen«, murmelte Protnik erschüttert. »Das kann es doch wohl nicht gewesen sein!«

»Ich fürchte doch! Ich sehe nur noch einen einzigen Strohhalm, aber der ist mehr als mickrig!« Horst wagte es kaum, seine Beobachtung, vielleicht den allerletzten Trumpf, über den sie verfügten, auszusprechen.

»Und was ist das?« Neugierig starrte ihn sein Kollege an. »Na komm, sag schon, mach's nicht so spannend!«

»Na ja, Michael. Du erinnerst dich ja noch an unsere Höllenfahrt da auf der Heiligenberger Steige!« Horst begann leise, als fürchte er, allein durch allzu große Lautstärke könne er die letzte Hoffnung, doch noch zu einer Lösung des Falls zu kommen, in den Wind blasen.

»Allerdings – und wie! Diese Fahrt werde ich mein Leben lang nicht vergessen!«

»Eben – ich auch nicht! Diese Bilder haben sich in meinem Kopf festgebrannt, wie bei einer CD! Und du hast mich doch noch gefragt, ob ich den Fahrer habe erkennen können!«

»Richtig«, nickte Protnik. »Du hast da etwas von einem dunklen Schnauzbart erzählt, aber sonst ...«

»Na ja, wenn du jemanden noch nie vorher gesehen hast! Aber jetzt habe ich ja das Bild im Kopf und deshalb ...« Er machte eine bedeutungsvolle Pause, während die anderen ihn ungeduldig musterten. »Da war so ein Foto im Büro der »Bodenseekies«, so ein ganz großes, gerahmtes. Und da war die ganze Belegschaft abgebildet – vor ihren sämtlichen Fahrzeugen. Und der Typ, der da vor einem dieser LKW gestanden hat, also ich war mir nicht hundertprozentig sicher, aber ich glaube fast, das könnte unser Mann gewesen sein ...«

»Na bitte!«, begeistert hieb nun Protnik mit der Faust auf den Tisch. »Also schauen wir uns die ganze Belegschaft durch und schnappen das Schwein!«

»Einverstanden! Nur dass das sicher nicht an einem einzigen Tag gehen wird und Mithilfe bei den Kollegen würde ich eigentlich eher nicht wollen, denn sonst ist ja sofort wieder unser Preisboxer bei der Direktion informiert und dann der Landrat und danach: man kann sich's ja leider denken ...«

»Sei's drum, dann schieben wir halt noch ein paar freie Tage nach«, Protnik war in seinem Tatendrang kaum noch zu bremsen. »Die werden zwar vor Begeisterung Purzelbäume schlagen, bei dir und bei mir in der Direktion! Aber wenn wir die Geschichte dann wasserdicht gemacht haben, dann lassen sie's uns wohl durchgehen, wenn wir ...« Sein Redeschwall wurde von der Bedienung unterbrochen, die mit drei Gläsern auf einem Serviertablett an den Tisch kam.

»Entschuldigung ..., darf ich?« Damit stellte sie die hübsch dekorierten Gläser mit buntem Inhalt vor ihre überraschten Gäste.

»Ja schon, aber das haben wir gar nicht bestellt! Eigentlich wollten wir drei Eisbecher ...«, stellte Claudia den offensichtlichen Irrtum richtig.

»Und auf die warten wir schon seit einer Ewigkeit«, setzte Protnik noch hinzu.

»Eben!«, die Bedienung, ein zierliches dunkelhaariges Mädchen von vielleicht 17 Jahren, lächelte schüchtern. »Eine Entschuldigung des Hauses, weil es so lange gedauert hat. Ein Glas Zitronensaft auf Eis mit unserem Hauslikör auf Rechnung des Chefs. Ich bitte nochmals um Entschuldigung! Die Eisbecher sind ebenfalls fertig, ich werde sie Ihnen jetzt sofort bringen. Entschuldigung!« Und damit huschte sie von dannen.

»Na, da schau an!« Horst nickte anerkennend. »Das erste positive, das ich heute erlebe! Das nenne ich Service!« Er ergriff sein Glas und hielt es prüfend vor die Augen. »Schöne Farbe!«

»Also dann, auf unser Wohl! Prost!« Protnik konnte es wieder mal kaum erwarten.

Claudia hatte gerade das Glas genießerisch an die Nase gehalten. »Und der Duft! Also, das muss man den Italienern lassen, dieses Aroma da ...«

Horst schwor noch Wochen später, dass er die nun folgende urplötzliche Veränderung in Claudias Miene und die darauf folgenden, sich überstürzenden Ereignisse sein Leben lang nicht mehr vergessen würde!

Wie ein Blitz huschte da mit einem Mal ein Schatten über das Gesicht von Claudia und mit von Panik ergriffenem Blick huschten ihre Augen von einem zum anderen. Ein Aufschrei: »Protnik!«, ein splitterndes Geräusch, als sie ihr Glas fallen ließ, eine kurze heftige Bewegung ihres linken Armes und schon flog Protniks Glas in hohem Bogen durch die Luft! Es zerschellte knappe zwei Meter von ihnen entfernt auf der Promenade in tausend Scherben, während sein Inhalt sich über den Boden verteilte und dort allmählich versickerte. Claudia hatte Protnik das Glas gerade in dem Moment aus der Hand geschlagen, als er es an seine Lippen gesetzt hatte.

Doch es blieb keine Zeit, sich über Claudias seltsames Benehmen zu wundern. Ein neuerlicher Aufschrei: »Horst!« Er bemerkte die Panik, die sie ergriffen hatte. »Horst! Stell das Glas hin!« Noch immer ratlos blickte er sie an. »Du sollst das Glas hinstellen!« Ihre Stimme schien sich zu überschlagen! Langsam stellte er das Glas auf dem Tisch vor sich ab, während die Gäste um sie herum ängstlich herüberschauten. War die Frau da am Nebentisch denn urplötzlich verrückt geworden? Was um alles in der Welt spielte sich da vor ihnen ab? War es etwa gefährlich?

Doch Horst blieb keine Zeit, sich darüber Gedanken zu machen. Gerade als er den Blick von seinem Glas hob, um Claudia in die Augen zu schauen, bemerkte er hinter ihr eine Bewegung aus Richtung der Eisdiele. Nur Sekundenbruchteile lang trafen sich ihre Augen, aber beide hatten sofort verstanden! Ja, das war er! Horst traf die Erkenntnis wie ein Schlag direkt auf das Brustbein! Er war es, daran gab es keinen Zweifel! Wie von der Tarantel gestochen sprang er auf, so dass der Plastikstuhl, auf dem er gesessen hatte, wie von einer Windböe weggeblasen, nach hinten umkippte. Hysterisches Kreischen drang an sein Ohr, doch er nahm nur am Rande wahr, dass die ersten Gäste nun angesichts des Wirrwarrs aus zersplitternden Gläsern, lauten Rufen und umkippenden Stühlen anscheinend einen Anschlag, ein Attentat oder sonst etwas Schlimmes vermuteten, was ihre überreizten Gehirne jeden Tag in den Fernsehnachrichten aus allen Teilen der Welt vorgesetzt bekamen. Horst stieß bei seinem Spurt in Richtung Eisdiele mit dem Mädchen zusammen, das sie gerade eben noch bedient hatte. Sie fiel zu Boden, doch er hatte keine Zeit, sich um sie zu kümmern. Er musste das Gesicht verfolgen, das er dort drinnen gerade kurz gesehen hatte!

Aber wo war der Kerl? Als sich Horsts Augen an die Dunkelheit der Eisdiele gewöhnt hatten, sah er sich blinzelnd und voller Hektik um. Da war niemand, bis auf den verschüchterten Barkeeper, der sich hinter dem Tresen in Sicherheit gebracht hatte. Dort! Dort war die einzige Tür in dem kleinen Raum, dort hinaus musste er geflohen sein. Horst riss die Tür auf, die in einen langen schmalen Gang führte. Am anderen Ende sah er gerade noch eine Gestalt durch den Hauseingang verschwinden. Das musste er sein! Ihm nach! In der Hektik rammte er sich den Türgriff in den Bauch, Schmerz durchzuckte ihn, doch er konnte ihm jetzt nicht nachgeben, wenn er noch eine Chance haben wollte, den anderen einzuholen. Er stieß einen derben Fluch aus und preschte durch den Flur.

In diesem Moment heulte ein Motor auf und mit quietschenden Reifen schoss ein deutlich angerosteter weißer Golf GTI an Horst vorbei. Das war er! Mist! Zu spät! Den würde er nicht mehr einholen! Das Auto der Meyers war weit weg auf dem Parkplatz in der Oberstadt abgestellt! Mist, verdammter! Fast hätte er den Mann erwischt, von dem er fünf Minuten vorher noch erzählt hatte, dass er dessen Gesicht nie mehr vergessen würde: das Gesicht des Amokfahrers von der Heiligenberger Steige!!!

Deprimiert machte Horst kehrt und trottete durch den Gang zurück zur Eisdiele. Dabei warf er einen prüfenden Blick auf den verlegen hinter seinem Tresen kauernden Barkeeper, der mit vorgeblich gespannter Aufmerksamkeit die Szene draußen an der Promenade verfolgte. Als Horst vor dem kleinen dunkelhaarigen Italiener verharrte, drehte der sich langsam in Richtung des Kommissars, hatte die Augen jedoch fest auf den Boden geheftet. Langsam schaute er auf und zuckte dann entschuldigend mit den Schultern. Der würde keine Silbe verlauten lassen, der würde von nichts auch nur die Spur einer Ahnung haben, dessen war sich Horst sicher. Jede wie auch immer geartete Befragung war also vergebliche Liebesmüh! Warum dann mit so etwas seine Zeit verschwenden?! Er atmete tief durch und kehrte anschließend zu den beiden anderen auf die Promenade zurück.

Dort hatte sich das Aufsehen in der Zwischenzeit etwas gelegt – die Gäste an den Nachbartischen hatten die Köpfe zusammengesteckt und tuschelten leise miteinander, wobei ab und an vielsagende Blicke in Richtung Protnik und Claudia geworfen wurden. Blass wie die Wand, aber ohne ein Wort zu sagen, kehrte die Kellnerin inzwischen auf dem Boden die Scherben der Gläser zusammen.

Horst ließ sich aufstöhnend auf seinen inzwischen wieder aufgestellten Plastikstuhl fallen. »Keine Chance! Der ist wie eine Rakete abgedüst! Da war nix zu machen!« Ärgerlich schüttelte er den Kopf, während ihm Claudia forschend ins Gesicht blickte.

»Wen meinst du denn eigentlich? Wen oder was hast du denn da gesehen?«

»Das war der Kerl, der uns gestern auf der Steige mit seinem Lieferwagen von der Straße drängen wollte. Da bin ich mir ganz sicher – hundertprozentig!«, schob er nach, um seine Aussage noch zusätzlich zu betonen. »Der muss es einfach gewesen sein. Denn kaum dass er bemerkt hat, dass ich ihn gesehen habe, ist der wie von der Tarantel gestochen auf und davon gespurtet! Da kann's überhaupt keinen Irrtum geben!« Nochmal schüttelte er heftig den Kopf.

»Da wird ja der Hund in der Pfanne verrückt!« Protnik schien die Fassung zu verlieren. »So langsam glaube ich, wir sind hier eine Bananenrepublik! Das ist also bereits der dritte Anschlag auf uns – innerhalb von«, er stierte hektisch auf das Zifferblatt seiner Armbanduhr, »von grade mal 29 Stunden! Unglaublich!«

»Der dritte ...« Horst atmete tief durch und ließ ein paar Sekunden verstreichen, um die in ihm aufsteigende Panik herunterzuschlucken. Dann fixierte er Claudia durchdringend. »Heißt das also ... war das da ...«, er deutete mit dem Zeigefinger auf sein Glas – das einzige, das die letzten fünf Minuten überstanden hatte, »ist da also irgendetwas Gefährliches drin?«

Claudia nickte langsam und bedeutungsvoll. »Exakt! Und wie! Ich muss sagen, im ersten Moment war ich mir selbst nicht sicher! Aber im Studium haben wir ja auch während unserer Chemie-Schnellbleiche über Gifte geredet und das eine oder andere auch unter die Lupe genommen oder vielmehr an die Nase gehalten.« Sie machte eine kleine Pause, bevor sie weitersprach. »Ja, und nach dem, was in den letzten Tagen alles an unglaublichen Dingen passiert ist, war ich dann doch irgendwie sensibilisiert. Ich glaube nicht, dass ich rechtzeitig was gemerkt hätte, wenn ich eure Geschichte nicht vorher gekannt hätte!« Wieder hielt sie inne.

Horst wurde ungeduldig, er spürte, wie seine Nerven allmählich zu vibrieren begannen. Nein, er wollte es jetzt schnell hinter sich bringen und dann von diesem Alptraum am liebsten nichts mehr wissen, nur noch fort, ganz weit fort, ganz weit weg. Aber erst einmal brauchte er die Gewissheit. »Also Gift? Ja? Komm, sag schon!« Damit beugte er sich nach vorne und trommelte herausfordernd mit den Fingern auf die Tischplatte.

»Eindeutig Gift! Hundertprozentig! Das ist auch so ein Zufall, dass ich das wieder aus dem Gedächtnis habe hochziehen können. Unser Chemieprofessor nämlich, der war ein echter Giftzahn! Dem hat es ein tierisches Vergnügen bereitet, uns als angehende Ärzte auf Möglichkeiten hinzuweisen, wie man einem Menschen schnell und perfekt mit Hilfe der Chemie den Garaus machen kann! Und so sind wir auch auf das Thema Zyankali gekommen!«

»Zyankali!« Horst spürte, wie sein Herzschlag ein, zwei Sekunden lang aussetzte! Eine heiße Woge schoss durch seinen Körper. »Aber das ist ja unglaublich!«

Claudia nickte: »Ist es! Und übrigens war die Geschichte auch ganz schön raffiniert eingefädelt. Ohne chemische Grundkenntnisse hast du in diesem Fall keine Chance!«

»Und warum? Komm, sag schon, mach's nicht so spannend!«

»Ganz einfach! Die haben das Zeug in Zitronensaft geträufelt! Und unser Professor damals hat erklärt, das sei die ultimative Methode: Zyankali zusammen mit Säure zu verabreichen, da bist du ein Engel im Himmel, bevor du den Saft richtig geschluckt hast! Das erhöht die Wirkung von Zyankali um das x-fache! Und vor allem: es wirkt dadurch rasend schnell!«

Betroffen blickten sie sich an! Claudia nahm Horsts Glas in die Hand und führte es an die Nase. »Wisst ihr, genau das ist die Raffinesse dabei! Ich habe zwar einen Mandelgeruch mitbekommen, das war irgendwie so wie Amaretto, aber dann eben doch nicht! Ich hätte es jetzt um ein Haar probiert, um dem Geschmack auf die Fährte zu kommen! Tja«, Tränen schossen ihr in die Augen, »und das wäre dann eben schon viel zu viel gewesen, bei dieser teuflischen Kombination! Gott sei Dank ist mir im letzten Moment die ganze Mordgeschichte durch den Kopf geschossen und zeitgleich habe ich den Professor mit seiner Säure und dem Zyankali wieder vor mir stehen sehen!« Die Tränen liefen ihr nun die Wangen herunter, aber sie schien sie nicht zu bemerken. Sie wandte sich Protnik zu. »Und deshalb, Michael, habe ich dir dann einfach das Glas aus der Hand geschlagen ...«

» ... und mir damit das Leben gerettet!«, ergänzte Protnik und schaute düster in die Runde. »Unglaublich!«

»Und du bist dir ganz sicher, dass wir da drin«, Horst deutete auf das Glas, das Claudia wieder auf den Tisch gestellt hatte, »Zyankali finden?«

Claudia nickte heftig, während sie nun ein Taschentuch aus ihrer Handtasche kramte, um die Tränen abzutrocknen. »Hundertprozentig!«

»Ja, ist denn das so leicht, an dieses Zeug zu kommen?« Auch Protnik konnte es kaum fassen. »Das kann doch nicht sein!«

Claudia widersprach. »Ist aber so! Das Zeug kriegst du in jedem Labor, denn schließlich wird es ja für Analysen verwandt und ist ständig in Anwendung – auch in der Metallbearbeitung, also in der Industrie. Das sagt doch fast schon alles. Da musst du in der Uni nur einen weißen Kittel anziehen, zur Chemikalienausgabe gehen und sagen, du kommst von dem und dem Institut und holst im Auftrag vom Dr. Sowieso ein bisschen Gift! Also kommt da praktisch jeder mittelprächtige Chemiestudent ran! Und weil man davon ja nur eine winzige Menge braucht, um jemanden über den Jordan zu schicken, fällt es auch praktisch überhaupt nicht auf – zumindest lange nicht – wenn da etwas davon verschwindet! Neulich hab ich's zufällig gesehen, als ich im Katalog von einem Chemikaliengroßhandel geblättert habe: Natriumcyanid – so heißt das Zeug – 25 Gramm für, glaube ich, grade mal 33 Mark! Und mit der Menge kannst du mehr als nur eine Fußballmannschaft um die Ecke bringen! So ist das nämlich!«

Horst überlegte laut. »Also dann sollten wir jetzt die Kollegen verständigen und den Inhalt des Glases analysieren lassen, oder? Und dann rücken wir den Herrschaften Hefter und Co. wieder auf den Pelz!«

Protnik reagierte prompt. Er hob warnend die Hand und spreizte die Finger auseinander. »Bloß nicht! Weder das eine, noch das andere!«

Verwundert musterte ihn Horst. »Und wieso nicht?«

»Ganz einfach deshalb, weil solch eine Aktion nicht den Hauch einer Chance hat, zum Erfolg zu führen! Überleg doch mal! Es fängt ja – leider – schon beim Labor an: Dein Freund Thomas hat in dieser Hinsicht nicht mal den eigenen Kollegen mehr getraut ...«

»Ja, leider!«

»Eben! Also die Analysegeschichte können wir uns schon mal abschminken. Aber selbst wenn wir die durchführen würden, was hätten wir dann gewonnen: nichts, außer der Erkenntnis, dass uns jemand vergiften wollte!« Er sah Horst forschend ins Gesicht. »Aber wieso soll das denn ausgerechnet der liebe Herr Dr. Hefter gewesen sein? Ein skandalöser Verdacht gegen einen unbescholtenen Bürger sei das, werden sie sagen und dich danach ans Kreuz nageln! Das kannst du mir glauben!« Damit lehnte er sich zurück, atmete tief durch und verschränkte die Arme.

Auch Claudia pflichtete Protnik bei. »Sehe ich genauso! Aber ich werde das Glas auf jeden Fall mitnehmen und sobald wir wieder in Heilbronn sind, eine Untersuchung machen lassen! Das Ergebnis kann ich zwar jetzt schon sagen – habe ich ja eigentlich auch schon – aber dennoch: dann wissen wir's hundertprozentig sicher, auch wenn es uns wenig nützen wird, denn das Zyankali kann uns schließlich nicht sagen, wer es da hineingetan hat«, fügte sie bitter hinzu.

Widerstrebend musste Horst den beiden anderen Recht geben. Ernst musterte er erst Claudia, dann Protnik. »Das heißt dann aber auch: Ende der Fahnenstange! Sehe ich das richtig? Denn wenn wir den Giftanschlag überhaupt nachweisen können, dann werden wir nicht belegen können, von wem und warum! Denn die da drüben«, er machte eine Kopfbewegung in Richtung Eisdiele, »die werden ja sicher von nichts eine Ahnung haben!«

Protnik hieb mit der flachen Hand auf den Tisch, dass das Glas vor ihnen hüpfte: »Nein! Das kann nicht sein! Ich will das nicht! Wir sind nun mal keine Bananenrepublik! Macht was ihr wollt: ich rufe jetzt die Kollegen an!!«

Verwundert registrierte Horst die Wandlung, die blitzschnell in seinem Freund vorgegangen war, dann nickte er: »Also gut, Michael! Man sollte den Dingen ja wirklich nicht nur ihren Lauf lassen und ohnmächtig zusehen, was nicht passieren wird! Wenigstens den Hauch einer Chance haben wir – und vielleicht kriegen wir das Schwein ja zu fassen, das uns um die Ecke bringen wollte!«

» ... wenn der nicht schon längst über der Grenze ist!«, gab Claudia zu bedenken.

»Auch egal! Aber wir versuchen, was möglich ist! Ja, hallo Vermittlung?« Protnik hatte in der Zwischenzeit sein Handy aktiviert. »Ja, verbinden Sie mich bitte mit der Polizeidirektion in Friedrichshafen!«

»Immerhin nicht Konstanz diesesmal«, murmelte Horst. »Vielleicht tut sich dann ausnahmsweise doch was!«

Wenig später wimmelte es vor der Eisdiele an der Meersburger Promenade nur so von Polizisten ...

»Also haben wir uns verstanden? Diese Geschichte passiert uns so kein zweites Mal! Versprochen?« Streng musterte der Polizeioberrat den vor ihm stehenden Kriminalkommissar.

Zerknirscht presste der Polizeibeamte ein leises »Ja, verstanden!« zwischen den Zähnen hervor.

»Gut«, der Chef nickte zufrieden. »Dann will ich mal Gnade vor Recht ergehen lassen und auf den geplanten Eintrag in ihre Personalakte verzichten!« Er blinzelte dem Delinquenten aufmunternd zu. »Außerdem habe ich den Ströbel noch nie leiden können, der will nämlich mit Teufelsgewalt – im wahrsten Sinn des Wortes – Karriere machen, im Innenministerium. Und deshalb steckt er auch mit dem Landrat von dort zusammen, der wiederum demnächst den bisherigen Innenminister beerben will! So ist das nämlich!«

Überrascht blickte Horst auf. »Ach deshalb von Anfang an so ein Theater! Und gleich mit dem LKA ankommen und der Landrat, der sofort über alles informiert war! Ist das wieder mal über die Parteischiene gelaufen?« Jetzt wagte Horst, diese Frage zu stellen, nachdem der Chef ihm praktisch den Fingerzeig gegeben hatte. Horst war sich nun auch darüber im Klaren, dass die Abreibung, die ihm für den heutigen Morgen in der Heilbronner Polizeidirektion angekündigt worden war, nur einen formalen Akt dargestellte, den Alfred Steiner, der Chef der PD, vollzog, um die Hyänen im LKA und im Innenministerium zufrieden zu stellen. In Wirklichkeit aber dachte er genauso wie sein Untergebener, der Kriminalkommissar Horst Meyer von der Heilbronner Mordkommission.

Steiner nickte. »Leider ja! Wieder mal das übliche Spiel! Und ich hatte nur eine Chance, Sie ahnungslose Figur zusammen mit ihrem Freund und Kollegen wieder aus dem Feuer herauszuholen: und zwar indem wir Sie so schnell wie möglich zurückbeordert haben! Ich sage Ihnen, noch einen Tag länger dort unten, und Sie hätten sich eine ganze Wagenladung Brandsalbe für ihre Wunden kaufen können, so sehr hätten Sie sich die Finger verbrannt!« Steiner legte ihm jovial die Hand auf die Schulter und fixierte ihn: »Also, alles wieder in Ordnung? Sie verstehen jetzt meine Position?«

Horst nickte stumm.

»Gut! Und für Ihren Kollegen will ich auch nochmal ein Wort einlegen – falls mir nicht Ihr spezieller Freund, der Unterhauser, zuvorgekommen ist!« Ein Lächeln spielte um die Mundwinkel des Oberrats.

Horst stöhnte auf. Unterhauser! Sein Intimfeind und früherer Chef der Polizeidirektion Ulm, der er nicht zuletzt wegen diesem den Rücken gekehrt hatte. Der trieb seit einiger Zeit sein parteipolitisches Unwesen beim LKA in Stuttgart und sorgte dafür, dass die Beamten nicht mehr in erster Linie nach Qualifikation, sondern vor allem nach Parteibuch ins Landeskriminalamt berufen wurden. »Was hat der denn wieder mitzumischen?«

»Sie wissen doch, der Herr Unterhauser ist überall – überall dort, wo es gilt, die Parteifreunde aus der Schusslinie zu hieven, und dafür ist ihm auch jedes Mittel recht!« Steiner breitete die Karten in ungewohnter Offenheit vor

Horst aus. Donnerwetter! Wie musste ihm also die ganze parteipolitische Mauschelei auf die Nerven gehen, wenn er so eindeutig vor Horst aus der Deckung ging! »Was glauben Sie, wie sehr in den letzten Tagen die Telefondrähte geglüht haben, zwischen Konstanz und Stuttgart! Das ist eine einzige Seilschaft: einer vom anderen abhängig! Und wenn einer fällt, dann fallen sie alle. Und deshalb fällt eben keiner! Schon gar nicht der Herr Dr. Hefter, der seine Finger bekanntlich überall drin hat – hauptsächlich in den Medien – und deshalb aber auch das Unschuldslamm persönlich spielt!« Mit einer unwirschen Handbewegung fegte Steiner imaginäre Staubkörnchen von seinem Schreibtisch. »So – und nun erzählen Sie mir nochmal aus Ihrer Warte, was eigentlich genau passiert ist, seit Sie in Meersburg die Kollegen alarmiert haben. Ich würde das gerne mal – ganz ungefiltert – von Ihnen selbst erfahren!«

Horst fiel ein Stein vom Herzen: er spürte es, das war keine Finte! Hier hatte er endlich einen Verbündeten gefunden, dem er tatsächlich die Sache so schildern konnte, wie sie sich zugetragen hatte. Und vielleicht konnte einem Steiner ja aufgrund seiner langjährigen Erfahrung und vielen Verbindungen einen Tipp geben, wie es jetzt noch weitergehen konnte. Denn aufgeben, darüber war er sich mit Protnik einig gewesen, aufgeben kam auf gar keinen Fall in Frage.

Horst atmete noch einmal tief durch und erzählte Steiner dann den Rest der Geschichte. Nachdem das Polizeilabor in Friedrichshafen den eindeutigen Nachweis hatte erbringen können, dass es sich bei dem mandelartigen Zusatz in den Getränken tatsächlich um Zyankali gehandelt hatte, überstürzten sich die Ereignisse.

Eine zweite Hausdurchsuchung beim Kiesbaron fand daraufhin statt, nur dass der Durchsuchungsbefehl diesesmal doch etwas länger auf sich warten ließ als beim ersten Mal. Es war halt nun die Polizeidirektion in Friedrichshafen zuständig und auch der zuständige Staatsanwalt hatte sich den Fall erst haarklein schildern lassen, bevor er sein O.K. für die Durchsuchung gab.

Anhand des Bildes von der Jubiläumsfeier hatte Horst den »Schnauzbart« eindeutig als denselben identifiziert, der sie bei der Fahrt von der Heiligenberger Steige in Lebensgefahr gebracht hatte und der auch beim gescheiterten Giftanschlag in der Meersburger Eisdiele mitgemischt hatte. Hefter, dessen anfangs wie immer freundlich lächelndes und angeblich so kooperatives Maskengesicht sich allmählich im Lauf der Durchsuchung in eine finstere Verweigerungshaltung verwandelt hatte, war natürlich außerstande, den Mann auf dem Foto zu identifizieren. Das könne nur der Geschäftsführer oder einer der Angestellten, aber heute (es war früher Sonntagmorgen, als sie in Gottmadingen eintrafen) um diese Uhrzeit sei natürlich keiner von denen anwesend. Und er selber? Du meine Güte, was glaubten sie eigentlich, wie viele Firmen zu seinem Imperium gehörten, mit wer weiß wie vielen Mitarbeitern?! Hauptsächlich im Niedriglohnsegment, also bei den Fahrern der Müllautos, sei die Fluktuation enorm: da könne man sich einfach nicht jedes Gesicht merken und schon gleich gar nicht auch noch jeden Namen dazu. Und außerdem: wozu habe man schließlich einen Geschäftsführer, der im übrigen seiner Firma die ganze Malaise eingebrockt habe. Er, Hefter, habe von den gesamten Schweinereien, also von dem zu tief ausgegrabenen Baggersee wie von der Geschichte mit den illegal im See entsorgten radioaktiven Abfällen genauso wenig eine Ahnung gehabt. Deshalb habe man, wie gesagt, schließlich einen Geschäftsführer ...

Den Geschäftsführer habe er noch am Tag der Entdekkung der Umweltstraftaten fristlos gefeuert, allerdings sei es ihm nicht möglich gewesen, dem Übeltäter die Kündigung höchstpersönlich zu überbringen, denn seitdem sei der Mann spurlos verschwunden! Und jetzt bleibe der ganze Ärger also an ihm, Hefter, kleben, der doch von nichts jemals gewusst habe, was er auch glaubhaft belegen könne. Wenn da nur nicht die – in Teilen zumindest noch – übel gesonnene Presse wäre ... Aber wozu habe man andererseits gute Freunde wie den Konstanzer Polizeidirektor oder den Landrat: die hätten schon der Staatsanwaltschaft gegenüber mehr als deutlich dargelegt, wo der Hund in Wirklichkeit begraben sei ...

Der Geschäftsführer auf der Flucht, kein Angestellter anwesend, den man hätte befragen können! Die Beamten der Kripo Friedrichshafen hatten daraufhin das Jubiläumsbild mitgenommen und es in die Meersburger Eisdiele gebracht, wo nach anfänglichem Leugnen schließlich die Wahrheit ans Licht kam: bei dem Müllwagenfahrer handelte es sich um einen Italiener namens Giuseppe Voltera, seit drei Jahren in Deutschland und – interessanterweise – schon einmal wegen gefährlicher Körperverletzung zu 10 Monaten mit Bewährung verurteilt. Vorsatz hatte man ihm damals nicht nachweisen können, doch die Urteilsbegründung hatte von schwerwiegenden Zweifeln an der Version des Angeklagten gesprochen, der einen Fußgänger mit seinem Auto auf dem Gehweg überfahren und schwer verletzt hatte. Doch der Fußgänger selbst hatte – weshalb auch immer – bei seiner Aussage vor Gericht plötzlich seine früher vorgebrachten Anschuldigungen nicht mehr wiederholen können oder wollen, worauf dem Richter nichts anderes übriggeblieben war, als im Zweifel für den Angeklagten und gegen den Antrag der Staatsanwaltschaft lediglich auf gefährliche Körperverletzung (aber ohne Vorsatz) zu erkennen.

Dieser Voltera sei – so sagte der sichtlich um seine Existenz und sein Leben fürchtende Besitzer der Eisdiele aus – ein entfernter Verwandter, der ab und an in der Hochsaison an Wochenenden vorbeikomme und ihnen im Eiscafé aushelfe. So sei das auch an diesem Samstag gewesen, doch kein Mensch habe natürlich ahnen können, dass da ein Verbrechen vorbereitet worden sei und dass ausgerechnet der Vetter aus Catania zu solch einer Tat fähig sei.

»Tja«, der Polizeioberrat rieb sich nachdenklich das Kinn. »Das wäre es dann wohl endgültig gewesen! Denn der Hefter hat viel zu gute Beziehungen, als dass da auch nur ein Fünkchen Verdacht auf ihm belassen werden könnte. Der hat das, ich muss das trotz allem schon so sagen, wirklich hervorragend eingefädelt und sein Netz aus Einflussnahme, Abhängigkeiten und Dreistigkeit derart eng gesponnen, dass wir ihm, denke ich, nie und nimmer nachweisen können, er habe irgendetwas mit der illegal im Baggersee versenkten Ladung zu tun. Das wird auf dem

Geschäftsführer haften bleiben: Der war sicherlich gut beraten, rechtzeitig die Flucht zu ergreifen. Denn dem drohten einerseits entweder jahrelanges Gefängnis und vielleicht sogar eine Mordanklage, oder aber er wäre selbst von Hefter und seinen Komplizen um die Ecke gebracht worden, wenn das nicht sogar bereits geschehen ist!«

Horst pflichtete seinem Chef bei. »Sehe ich auch so. Wenn es tatsächlich Hefter ist, der hinter allem steckt, dann brauchen wir jetzt unbedingt den Geschäftsführer, der uns die nötigen Beweise liefert. Fraglich allerdings«, dabei kratzte er sich sorgenvoll an der Stirn, »ob wir selbst dann je beweisen können, dass Hefter hinter all den Aktionen persönlich steckt. Da steht dann maximal Aussage gegen Aussage und immerhin ist die Unterschrift des Geschäftsführers – wie auch immer – unter den gerichtsrelevanten Akten zu finden und niemals die von Hefter. Schon unglaublich, wie er das eingefädelt hat!«

»Es hilft nur eins: die Kollegen müssen den Italiener finden und gewaltig unter Druck setzen. Das ist die einzige Chance, noch an Hefter heranzukommen. Wenn der Italiener zugibt, dass Hefter sein Auftraggeber war, dann haben wir einen entscheidenden Trumpf in der Hand! Aber erst dann!«

Überrascht musterte Horst seinen Vorgesetzten. Der hatte tatsächlich von »wir« gesprochen, also hatte auch er den Fall mittlerweile zu seinem gemacht! Steiner hob bedeutungsvoll die Augenbrauen. »Schauen Sie mich nicht so an, als hätte ich ein Känguru verschluckt! Ja, ich finde schon, dass wir, die Polizei, jetzt gemeinsam im Boot sitzen und der Geschichte auf den Grund gehen müssen.

Schließlich hat das alles in gewisser Weise auch mit der Ehre und dem Ruf der Polizei zu tun und da ist in der letzten Woche schon viel zu viel passiert, was so im Grunde genommen bei einer seriösen Ermittlungsarbeit nie hätte passieren dürfen!«

»Allerdings!« Horst konnte da nur aus ganzem Herzen zustimmen. »Aber den Italiener zu kriegen, wird nicht einfach sein. Der ist sicher schon längst in Italien bei seinem Paten – falls er sich nicht inzwischen bereits die Radieschen von unten anguckt!«

»Dann wäre in der Tat alles aus. Es sei denn, der Geschäftsführer fasst sich doch noch ein Herz und meldet sich: aber wie gesagt, was soll der letztendlich beweisen können ...« Steiner richtete sich auf und gab Horst einen neuerlichen kumpelhaften Klaps auf den Rücken. »Aber wir geben die Hoffnung nicht auf, nicht wahr Meyer? Und jetzt erst mal ans Heilbronner Routinegeschäft, Herr Hauptkommissar!« Mit einer Handbewegung deutete er an, dass, für den Augenblick wenigstens, die Sache vom Bodensee zu Ende erörtert war.

Grübelnd und etwas geknickt schlurfte Horst an seinen Schreibtisch bei der Mordkommission zurück. Dort stapelten sich die Notizen, Aktenordner und Formulare zu einem furchterregend hohen Berg. Und da sollte er sich jetzt durchwühlen und die Vorgänge von Konstanz, Überlingen und Meersburg so einfach vergessen? Müde schüttelte er den Kopf und setzte sich auf seinen Drehstuhl. Er legte die Ellbogen auf eine freie Stelle des Schreibtischs und stützte sein Kinn darauf. Aber wo anfangen, wo war bloß die zündende Idee? Vielleicht hatte ja Protnik mittlerweile eine Vorstellung, wie es weitergehen konnte! Er griff zum Telefonhörer, als sein Blick auf einen auffällig gekennzeichneten Briefumschlag fiel. Die Briefmarken riefen sein Interesse hervor, solche Marken kannte er aus Deutschland nicht. Er legte den Telefonhörer langsam zurück und nahm prüfend den Brief in die Hand. Tatsächlich: es handelte sich um englische Marken. Aber wer sollte ihm schon aus England schreiben? Sicher irgendetwas Werbemäßiges, die Welt war ja längst zum Dorf zusammengeschrumpf und Werbesendungen wurden inzwischen sogar irgendwo in der entlegensten Bambushütte am Ende der Welt eingetütet und losgeschickt.

Aber nein: in diesem Fall konnte es sich kaum um solch eine Werbebotschaft handeln. Sein Name war immerhin handschriftlich mit Kugelschreiber auf den Umschlag geschrieben worden, Kommissar Horst Meier (aha, wieder mal ein sorgloses Wesen, das halt in der Eile das »i« mit dem Ypsilon verwechselt hatte!). Neugierig geworden riss er mit dem Zeigefinger den Umschlag auf und fingerte ein zusammengefaltetes handgeschriebenes Blatt hervor. Kaum hatte er die ersten Zeilen gelesen, setzte er sich kerzengerade auf. Das war ja unglaublich, was in dem schwer zu entziffernden, mit ungelenker Handschrift verfassten Schreiben stand!

So rasch es ging, überflog er den Text, um den Brief am Ende ein zweites Mal zu lesen. Anschließend ließ er das Blatt sinken, schloss die Augen und holte tief Luft. War das die Wende in dem Fall, die er für völlig undenkbar gehalten hatte? Lag da vor ihm auf dem Schreibtisch nun der Beweis für Hefters Schuld? War das der Strick, mit dem er den Kiesbaron nun doch noch fesseln konnte? Fast zu schön, um wahr zu sein! Horst griff ein zweites Mal an diesem Vormittag zum Telefon. Langsam drückte er die Tasten mit Protniks Telefonnummer. Nach dem zweiten Läuten hob sein Kollege ab. Ohne die geringste Zeit mit irgendwelchen Begrüßungsfloskeln zu verschwenden, legte Horst mit vor Aufregung zitternder Stimme los: »Du, Michael, ich glaube, wir haben ihn!!!«

Kapitel XXX

Keine zehn Minuten waren seit seinem Telefonat mit Protnik vergangen, als Horst sich bereits in seinem Wagen befand und Kurs in Richtung Süden nahm. Diesesmal, das wusste er genau, würde er diesen elenden Verbrecher am Kragen packen können! Jetzt hatte er den definitiven Beweis!

Claudia und seinen Chef würde er gleich nachher von unterwegs mit dem Handy darüber verständigen, was er vorhatte, aber nun galt es erst einmal, so schnell wie möglich an den Bodensee zu kommen, bevor die letzte Chance, die sie in diesem Fall erhalten hatten, wieder unter seinen Fingern zerrinnen würde! Mühsam ordnete er seine Gedanken, die in hektischer Folge durch sein Gehirn pulsierten.

Der Brief war von Markus Wälder gewesen: der hatte darin klipp und klar zugegeben, von den Umweltvergehen der »Bodenseekies« selbstverständlich gewusst zu haben. Auch die Tatsache, dass sich ein Polizeibeamter namens Thomas Grundler immer näher an die kriminellen Machenschaften der Firma herangetastet hatte, war dem Geschäftsführer und seinem Chef, dem Kiesbaron Dr. Hubert Hefter, nicht verborgen geblieben. Da selbst das engmaschige Geflecht aus Beziehungen, Spenden, Parteizugehörigkeit und gegenseitiger Abhängigkeit in diesem speziellen Fall nicht so einsetzbar war, wie gewöhnlich, hatten sich Hefter und Wälder zu drastischen Methoden entschlossen. Sie waren zu dem Schluss gekommen: Thomas Grundler musste sterben! Wenn irgend möglich sollte die Sache anschließend so dargestellt werden können, als habe sich der Polizist aus privaten Gründen das Leben genommen, was sich angesichts der Ehekrise, die ein von ihnen beauftragter Privatdetektiv natürlich schnell entdeckt hatte, sogar als recht plausibel entpuppt hatte. Und so war das Todesurteil für Thomas Grundler gesprochen worden!

Weder bei Wälder noch bei Hefter handelte es sich jedoch um Personen, die sich selbst die Finger beschmutzten. Nein, in diesem Fall ließ man andere für sich tätig werden. Für Hefter war es ein Leichtes gewesen, den von der »Bodenseekies« und ihren zahlreichen und kräftigen Spenden völlig abhängigen Besitzer der Konstanzer »Devil Divers«-Tauchschule für das Todeskommando zu verpflichten. Ein, zwei leise Drohungen mit künftig ausbleibenden Schecks für die seit Jahren schon marode und vom Konkurs bedrohte Tauchschule hatten genügt, um Wolfgang Förster, den Inhaber der »Devil Divers«, zum Mörder zu machen. Doch der besaß sozusagen geradezu ideale Möglichkeiten, die Tat auszuführen. Es war für die mit einem Kompressor für Pressluftflaschen ausgerüstete Tauchschule keine schwierige Aufgabe, Thomas Grundlers Flasche zu manipulieren. Förster hatte sich in der Nacht Zugang zu Grundlers Garage verschafft, die dort gelagerte Pressluftflasche mitgenommen, die Luft abgelassen und sie mit Sauerstoff gefüllt, der in einer Tauchbasis von der Größe der »Devil Divers« als Notfallmedizin für von Dekounfällen betroffene Taucher immer vorhanden war. Horst schauderte es noch nachträglich beim Gedanken daran, dass er kurzzeitig erwogen hatte, auch seine Pressluftflasche bei Thomas in der Garage abzustellen. Nicht auszudenken, welche Folgen dies gehabt haben könnte!

Keine zwei Stunden später war die nun mit Sauerstoff gefüllte Taucherflasche wieder in Thomas Grundlers Garage zurückgestellt worden. Und damit hatte das Verhängnis, dem Thomas nun praktisch chancenlos ausgeliefert war, seinen Lauf genommen ...

Als Wälder und Hefter klar geworden war, dass der Mord an Thomas Grundler, den sie im offiziellen Polizeibericht als Selbstmord hatten hinstellen können, die Ermittlungen gegen die Firma dennoch nicht hatte stoppen können, drehten die beiden weiter an der Todesspirale! Das nächste Opfer hieß Alex Winter, den sie schon länger im Verdacht hatten, mit Thomas Grundler gemeinsame Sache zu machen. Als sie Winter von da an intensiver beobachten ließen und registrierten, dass er sich dann noch lange mit den beiden Polizisten auf dem Überlinger Krankenhausparkplatz unterhalten hatte, da stand für sie fest, dass er offenbar weiter in Sachen Kiesgrube recherchierte. Nun stand auch sein Todesurteil unausweichlich fest.

Förster hatte den völlig ahnungslosen Winter seitdem verfolgt und ihn schließlich am Aussichtsturm mit einem gezielten Karatehieb bewusstlos geschlagen. Anschließend hatte er Winter im Turm an ein Seil gehängt und danach kräftig an seinen Füßen gezogen: der ohnmächtige Journalist starb an dem Strick, ohne noch einmal das Bewusstsein wieder erlangt zu haben! Eindeutiger Fall von Selbstmord! So hatte ja bekanntlich die blitzschnelle Analyse der beiden von Anfang an darauf gepolten Kommissare gelautet!

Doch was hatten Protnik und Meyer in der Zwischenzeit herausgefunden? Das Risiko, sie am Leben zu lassen, erschien den beiden Drahtziehern der Affäre zu groß und so wurde nun anstelle von Förster, der allmählich durchzudrehen begann und sich standhaft weigerte, einen weiteren Mord zu begehen, der Fahrer des Müllwagens engagiert, dessen Gesicht Horst nie mehr vergessen würde.

Giuseppe Voltera hatte seinen Auftrag freilich nicht zur Zufriedenheit des Kiesbarons erledigt und so wurde er beauftragt, einen zweiten Anschlag auszuführen. Das freilich war bereits ohne Mitwirkung des Geschäftsführers geschehen, denn der befand sich mittlerweile auf der Flucht. Als die Polizei vor dem Verwaltungsgebäude der »Bodenseekies« angerückt war, sei ihm plötzlich bewusst geworden, dass alle Akten, Schriftstücke und sämtliche anderen Beweise für Umweltstraftaten einzig und allein auf ihn, Markus Wälder, hindeuteten. Und das habe ihm der Kiesbaron auch höhnisch ins Gesicht geschleudert, verbunden mit der Drohung, ja nicht den Mund aufzumachen, falls ihm sein Leben lieb sei!

Darauf ergriff Wälder Hals über Kopf die Flucht. Offenbar aber hatte er in den Jahren zuvor schon für diese Eventualität vorgesorgt, denn sein Weg führte ihn über die Schweiz zu den dort aufbewahrten großen Geldbeträgen auf geheimen Nummernkonten weiter zu Helfershelfern nach England. »Dort«, so schrieb Wälder abschließend, »verliert sich meine Spur für Sie. Versuchen Sie nicht, mich zu finden, sie werden keine Chance haben. Dazu habe ich in den letzten Jahren schon viel zu viel Geld und Überlegung in eine mir immer drohende Flucht ins Ausland gesteckt. Wenn Sie sich fragen, weshalb ich Ihnen dies alles geschrieben habe, so kann ich Ihnen nur – ohne mich von eigener Schuld freisprechen zu wollen – sagen, dass Hefter einen Großteil der Verantwortung für all die hier geschilderten Vorgänge trägt. Nachdem er mir die Gesamtverantwortung zugeschoben und mir außerdem mit Mord gedroht hat, ist es nun an der Zeit zurückzuschlagen. Sie werden mich nie mehr wiedersehen!« Unterschrift: Markus Wälder, unbekannt verzogen!

Horst drückte auf die Hupe seines Wagens: wann gab der Schleicher da vor ihm endlich die linke Spur der Autobahn frei. Fluchend betätigte er die Lichthupe. Hoffentlich war Protnik ebenfalls schon unterwegs. Sie würden sich auf jeden Fall zuallererst den Tauchlehrer schnappen und ihn ordentlich unter Druck setzen. Das war seiner Meinung nach ihre einzige Chance.

Na endlich! Der Kerl vor ihm wechselte auf die rechte Seite und Horst drückte das Gaspedal voll durch.

Kapitel XXXI

Mit quietschenden Bremsen stoppte Horst seinen Wagen vor der Basis der »Devil Divers« in der Nähe des Konstanzer Fährhafens. Hastig zog er die Handbremse an und schaute sich um. Von Protnik noch keine Spur, ebenso wenig von Förster, einem Angestellten oder einem Kunden der Tauchbasis. Horst blickte auf die Uhr am Armaturenbrett. Na ja, kein Wunder. Es war gerade 14 Uhr – immer noch Mittagspause. Und die dauerte bei den »Devil Divers« – er registrierte es mit einem leisen Fluch auf den Lippen – bis 16 Uhr. Mist! Was jetzt?

Er zog das Handy aus der Tasche und wählte Protniks Nummer. Nach dem dritten Klingeln meldete sich der, kaum verständlich vor lauter Nebengeräuschen, aus dem Auto.

»Protnik, wo steckst du denn?«

Die Stimme war wirklich kaum zu verstehen, entweder befand sich Protnik gerade im Funkschatten oder aber er drückte gerade so heftig aufs Gas, dass die Funksignale fast nur noch zerhackt im Handy ankamen, dieses Phänomen hatte Horst bei Geschwindigkeiten jenseits von 160 Stundenkilometern schon häufiger erlebt.

»Horst! Du, tut mir leid, ich bin gleich hinter Ulm in einen Mega-Stau geraten! Jetzt bin ich grade kurz vor Stockach!«

»Ach, du große Güte!« Horst war alles andere als erbaut darüber, dass sein Kollege mindestens noch eine halbe Stunde auf sich warten lassen würde. »Und jetzt?«

»Jetzt mach du mal halb lang und warte auf mich! Hast du verstanden?« Tatsächlich war Protnik so gut wie nicht zu verstehen.

»Sputnik, ich kann dich kaum verstehen! Also, komm so schnell wie möglich, ich mach Schluss jetzt, O.K.?« Horst drückte auf den Aus-Knopf und schob das Handy zurück in die Tasche. Was nun? Auf keinen Fall würde er sich hier die Füße in den Bauch stehen und einfach nur die Zeit totschlagen. Nein! Mit einemmal kam ihm ein Gedanke. Ja, das würde er jetzt tun, das konnte auch nicht allzu viel Zeit in Anspruch nehmen. Er setzte sich in seinen Wagen und fuhr los in Richtung Grenzübergang nach Kreuzlingen.

Kapitel XXXII

Gerade hatte Horst seinen Wagen auf dem Parkplatz in Bottighofen abgestellt, um zu Fuß das letzte Stück zum Bodenseeufer zurückzulegen, da fielen ihm zwei Autos ins Auge, die sofort seine Neugier weckten. Zum einen der Golf GTI, wo hatte er den, war das nicht dasselbe Baujahr wie der, dessen Besitzer ihm damals in Meersburg knapp entkommen war. Die Farbe, der schlechte Zustand des Wagens, das FN-Nummernschild, der »Italia«-Aufkleber! Alles stimmte! Es musste sich um das Fahrzeug des flüchtigen Giuseppe Voltera handeln! Und der neben ihm parkende Wagen? KN-Kennzeichen, silberfarbener AUDI A 6, Aufkleber wie »Diving is fun«, »PADI« oder mehrere der »Devil Divers« sprachen eine überdeutliche Sprache! Hatten sich hier in Bottighofen, direkt an der Stelle des ersten Mordes, bei der vor über 100 Jahren in den Schlick des Bodensees gesunkenen »Jura« die beiden Killer des Kiesbarons zu einem Treffen verabredet? Hatte Horst mit seiner Fahrt hierher, ohne es zu wissen, einen Volltreffer gelandet?

Hastig zog er sein Handy heraus. Hoffentlich war diesesmal wenigstens der Empfang in Ordnung!

»Protnik? Hallo, Protnik? Ja, ich bin's, Hotte! Nein, ich bin weitergefahren nach Bottighofen! Und wo steckst du? Bei der Tauchschule? Gut, dann mach kehrt und komm so schnell wie möglich hierher! Ich habe jetzt keine Zeit für große Erklärungen, komm!«

Damit beendete er das kurze Gespräch. Fieberhaft kreisten seine Gedanken um die beiden Fahrzeuge, deren Besitzer und den möglichen Grund für ihr Zusammentreffen. Doch bevor Horst weitere Überlegungen anstellen konnte, sah er aus den Augenwinkeln, wie sich von ganz weit hinten, vom See her, eine Person eindeutig in Richtung auf den Parkplatz bewegte. Vorsichtig schob sich der Kommissar hinter die Fahrzeuge und wartete ab, bis er den Neuankömmling genauer betrachten konnte. Das war ein Taucher, so viel ließ sich jetzt schon sagen, offensichtlich ein Mann im Trockentauchanzug, nicht sehr groß, dunkle Haare, angestrengt spähte Horst nach vorne. Mit einemmal schien ihm das Blut in den Adern zu gefrieren: ein Mann mit Schnauzbart! Der Killer! Der Kerl, der sie schon zweimal versucht hatte zu ermorden!

Mit heftig pochendem Herzen schob er sich hinter den AUDI des Tauchschulbesitzers zurück. Jetzt hieß es, vorsichtig zu sein: Jetzt musste er den richtigen Augenblick abpassen. Langsam griff er in seine Jackentasche und tastete sie ab: nichts! Noch einmal, seine Hand fuhr über den ganzen Oberkörper, an den Gürtel: nichts! Er hatte seine Pistole in der Dienststelle vergessen!!! Und das jetzt!

Der Kerl war kurz vor seinem Auto angelangt und hatte aus dem wasserdichten Behälter um seinen Hals den Wagenschlüssel herausgenommen. Jetzt ohne Pistole erst recht den richtigen Moment erwischen! Horst entschied sich dafür, ihn die Autotür aufschließen zu lassen und dann mit einem Satz hervorzuhechten.

Voltera steckte den Schlüssel in das Schlüsselloch der Beifahrertür, drehte ihn leicht nach oben und öffnete die Tür. Er beugte sich in das Innere des Wagens, offensichtlich um seine in einem Beutel verstauten Sachen hervorzuholen. Jetzt war der Moment gekommen: Horst schoss nach oben und schnellte auf den Mann zu. Doch war es die Aufregung, war es mangelnde Fitness, war es das gerade eben mit hoher Geschwindigkeit auf den Parkplatz einbiegende Auto, das ihn in der Konzentration gestört hatte: wie auch immer, der Sprung war viel zu kurz geraten, er strauchelte und wäre fast auf den Boden gefallen, hätte er sich nicht gerade noch mit den Händen auf dem Asphalt abstützen können. Dadurch war wertvolle Zeit verstrichen – zu viel Zeit, um den Killer nicht rechtzeitig zu warnen. Der nämlich drehte sich mit einer blitzschnellen Bewegung in Horsts Richtung. Egal, weiter! Doch im selben Moment erstarrte der Kommissar: der Killer hielt, weiß der Teufel, wie er das fertiggebracht hatte, eine Pistole in der Hand und zielte mit entschlossenem Gesichtsausdruck direkt auf Horsts Kopf. »Stehenbleiben, keinen Zentimeter weiter, sonst bist du ein toter Mann!«

Horst nickte vorsichtig und streckte langsam die Hände in die Höhe, um dem anderen zu signalisieren, dass er kapituliert hatte. Nur jetzt nicht mit hektischen Bewegungen irgendwelche Panikreaktionen bei dem anderen auslösen.

Der Italiener richtete sich voll auf und lächelte Horst böse ins Gesicht. »Habe ich dich also doch noch erwischt!« Er streckte den Arm mit der Pistole nun voll aus und Horst hörte ein leises Klicken: der Kerl hatte die Schusswaffe entsichert! Ein gefährliches Glimmen in den Augen des Killers ließ die Knie des Kommissars weich werden. Das war das Ende!

Ein Schuss! Horst schloss die Augen! Ein erstickter Aufschrei! Der Aufprall eines metallischen Gegenstandes auf dem Boden, gefolgt von einem dumpfen Gurgeln. Horst glaubte, ersticken zu müssen! Mühsam zwang er sich zur Ruhe und öffnete die Augen wieder. Das konnte doch nicht wahr sein! Direkt vor ihm lag Giuseppe Voltera ausgestreckt auf dem Boden, Blut sickerte aus seinem geöffneten Mund, die Augen waren starr in den Himmel gerichtet. Voltera war tot! Mit einem einzigen Schuss mitten ins Herz getötet! Eine wahre Meisterleistung!

Irritiert drehte sich Horst in die Richtung, aus der der Schuss gekommen sein musste! Protnik! Das war Protnik! Protnik musste der Autofahrer gewesen sein, der da gerade eben herangeprescht war, als er sich auf den Killer hatte stürzen wollen, Protnik hatte geschossen.

Langsam ließ er den ausgestreckten Arm mit der Pistole niedersinken. Kreideweiß im Gesicht wankte er auf Horst zu. Im Näherkommen sah Horst, dass Protnik zitterte. »Verdammt! Das war knapp! Wahnsinnig knapp! Du hast mir mit deinem Schuss das Leben gerettet, Michael!«

Protnik nickte stumm, ließ die Pistole zu Boden fallen und umarmte Horst mit beiden Händen. Eine Zeitlang standen sie so eng umschlungen auf dem Parkplatz: keiner von ihnen sagte auch nur ein Wort.

Protnik war es schließlich, der das Schweigen brach und sich von Horst löste. Zischend stieß er den Atem aus. Mit immer noch zitternder Stimme schaute er seinem Freund direkt in die Augen: »Ich war so verzweifelt wie noch nie in meinem Leben! Was hätte ich tun sollen? Ich wusste, schieße ich nicht, bringt der dich eiskalt um! Und wenn ich schieße und dabei dich treffe, was ist dann? Ich war innerlich noch nie so leer in meinem ganzen Leben wie in diesem Augenblick!« Er drückte ihn von neuem an sich.

Auch Horst gewann nur ganz allmählich seine Fassung wieder. Sachte löste er sich schließlich aus der Umklammerung. »Das vergesse ich dir nie im Leben Michael!« Damit zog er das Handy aus der Tasche. »Und jetzt ist es an der Zeit, die Kollegen einzuschalten. Schießerei im Ausland! Das wird einen schönen Aufstand geben!«

Kapitel XXXIII

Stunden später, die Nacht war inzwischen hereingebrochen, verließen Protnik und Horst mit gesenkten Köpfen das Gebäude der Polizeidirektion in Konstanz. Immer noch mehr als aufgewühlt von den dramatischen Sekunden am Nachmittag in Bottighofen, musste Horst sich mit aller Gewalt zwingen, einen klaren Gedanken zu fassen. Sein schlimmster Verdacht, der schon in ihm aufgeflakkert war, als er den Killer allein im Taucheranzug aus Richtung See hatte kommen sehen, war bestätigt worden. Polizeitaucher hatten im Wrack der »Jura«, ganz im Laderaum versteckt, die Leiche des Basisleiters der »Devil Divers«, Wolfgang Förster, gefunden. Ohne Tauchanzug, mit einem gezielten Messerstich im Herzen. Es hätte mit Sicherheit Wochen gedauert, bis die Leiche des Tauchlehrers von normalen Sporttauchern in der völligen Dunkelheit des Laderaumes in fast 40 Meter Tiefe gefunden worden wäre. Auf jeden Fall lange genug für den Italiener, um sämtliche Spuren zu verwischen und sich mit seiner Prämie endgültig aus dem Staub zu machen. Doch jetzt waren beide tot: Voltera und Förster. Und damit waren auch die letzten Belastungszeugen für immer verstummt! Die letzten, mit deren Aussage man den Kiesbaron noch hätte überführen können!

Damit war nichts mehr zu machen. Es war letztendlich gekommen, wie Horst und Protnik befürchtet hatten: die Aussage eines flüchtigen Verbrechers, der seinen ehemaligen Chef der schlimmsten Taten beschuldigt hatte, die man sich vorstellen konnte, war vollkommen wertlos!

Sollten etwa die Behauptungen eines Betrügers und Umweltsünders allerübelsten Ranges, eines Menschen, der ja auch aktenmäßig nachweisbar diese Taten begangen hatte, einen Ehrenmann, der sich so viele Verdienste um seine Heimat erworben und so viele Arbeitsplätze hier geschaffen hatte, um seinen guten Ruf bringen? Nie, nein: nie und nimmer! Das würde keiner jemals zulassen, keiner der Freunde vom Rotaryclub: der Innenminister nicht, die Beamten vom Landeskriminalamt nicht, der Landrat nicht und der Konstanzer Polizeichef gleich zweimal nicht!

Und es wäre besser, wenn die beiden Polizeibeamten, die für so viel Unruhe hier unten am See gesorgt hatten, einfach wieder verschwinden würden, möglichst kommentarlos bitte! Das Fazit des Oberrats war eindeutig und bestimmt gewesen, eindeutiger ging es gar nicht!

Protnik sah seinen Kollegen Horst kopfschüttelnd an. Doch der hatte längst verstanden und nickte in stummer Resignation mit dem Kopf: und dafür also hatte Thomas Grundler sterben müssen!!!

Wortlos gaben sie sich vor ihren Fahrzeugen noch einmal die Hand und drückten sie lange und innig. Ein letzter tiefer Blick in die Augen, ein stummer Aufschrei: Aus, Schluss, vorbei!

E N D E

Der Landrat ist wenig später zwar nicht Innenminister, aber immerhin Staatssekretär im Innenministerium geworden (ein bisschen Strafe für öffentliches Aufsehen muss ja sein, aber nicht zu viel! Und die Chance, den bereits jenseits des Rentenalters dahinsiechenden Minister zu beerben, war nach wie vor gegeben, nur eben alles ein bis zwei Jährchen später – wenn dann wirklich Gras über die Sachse gewachsen wäre).

Der Polizeichef ist ehrenvollerweise ins Landeskriminalamt berufen worden – keine sechs Wochen, nachdem der ehemalige Landrat zum Staatssekretär im Innenministerium aufgestiegen war.

Und Protnik und Hotte Meyer? Die schoben weiterhin unbehelligt von jeglichen weiteren Karrierehoffnungen ihren Routinedienst in den jeweiligen Polizeidirektionen ...

Ach ja – und der Dr. Hubert Hefter: der kaufte kurz nach den bedauerlichen Vorfällen am Bodensee das nächste Anzeigenblatt und gleich anschließend noch zwei Konkurrenten in der Kiesbranche. Dank großzügiger Spenden für den wissenschaftlichen Nachwuchs an der Universität Heidelberg (ein bisschen räumliche Distanz macht sich optisch einfach besser!) wurde ihm wenig später von Seiten der dortigen Universitätsverwaltung der Titel »Ehrensenator« verliehen. Dem überwiegenden Teil der baden-württembergischen Presse war dies Anlass für die begeisterte Würdigung einer verdienstvollen Unternehmerpersönlichkeit. Auf dem kurz danach veranstalteten Landespresseball sponserte der Kiesbaron den Hauptact der Veranstaltung: die 50.000 Mark seien nicht der Rede wert, geradezu eine Nichtigkeit angesichts der Bedeutung einer unabhängigen Presse ...

Den See
erleben ...
BODENSEE
MAGAZIN
INTERNATIONAL
neu
genießen Essen und Trinken
erleben Ausflüge • Museen • Feste
entdecken Kultur • Geschichte • Natur
BODENSEE MAGAZIN
Auf 300 Seiten rund um den See.
Das große touristische Jahresmagazin für
den internationalen Bodensee.
• Tipps und Infos
• Über 1000 Veranstaltungen
Bodensee Magazin Verlag GmbH - Zum Hussenstein 7
D-78462 Konstanz - Telefon +49/(0)7531/90710

Gunter Haug
Von Rittern Bauern und Gespenstern

Gunter Haug
Die Welt ist die Welt